U0068251

未來狂想曲

曾美玲詩集

曾美玲——著

李瑞騰——主編

【總序】
不忘初心

李瑞騰

　　詩社是一些寫詩的人集結成為一個團體。「一些」是多少？沒有一個地方有規範；寫詩的人簡稱「詩人」，沒有證照，當然更不是一種職業；集結是一個什麼樣的概念？通常是有人起心動念，時機成熟就發起了，找一些朋友來參加，他們之間或有情誼，也可能理念相近，可以互相切磋詩藝，有時聚會聊天，東家長西家短的，然後他們可能會想辦一份詩刊，作為公共平台，發表詩或者關於詩的意見，也開放給非社員投稿；看不順眼，或聽不下去，就可能論爭，有單挑，有打群架，總之熱鬧滾滾。

　　作為一個團體，詩社可能會有組織章程、同仁公約等，但也可能什麼都沒有，很多事說說也就決定了。因此就有人說，這是剛性的，那是柔性的；依我看，詩人

　　的團體，都是柔性的，當然程度是會有所差別的。

　　「台灣詩學季刊雜誌社」看起來是「雜誌社」，但其實是「詩社」，一開始辦了一個詩刊《台灣詩學季刊》（出了四十期），後來多發展出《吹鼓吹詩論壇》，原來的那個季刊就轉型成《台灣詩學學刊》。我曾說，這一社兩刊的形態，在台灣是沒有過的；這幾年，又致力於圖書出版，包括吹鼓吹詩叢、同仁詩集、選集、截句系列、詩論叢等，迄今已出版超過一百本了。

　　根據彙整的資料，二〇一九年共有十二本書（未含蘇紹連主編的四本吹鼓吹詩叢）出版：

一、截句詩系

王仲煌主編／《千島詩社截句選》
於淑雯主編／《放肆詩社截句選》
卡夫、寧靜海主編／《淘氣書寫與帥氣閱讀──截句解讀一百篇》
白靈主編／《不枯萎的鐘聲：二〇一九臉書截句選》

二、台灣詩學同仁詩叢

離畢華詩集／《春泥半分花半分》（台灣新俳壹百句）
朱天詩集／《沼澤風》
王婷詩集／《帶著線條旅行》
曾美玲詩集／《未來狂想曲》

三、台灣詩學詩論叢

林秀赫／《巨靈：百年新詩形式的生成與建構》
余境熹／《卡夫城堡──「誤讀」的詩學》
蕭蕭、曾秀鳳主編／《截句課》（明道博士班生集稿）
白靈／《水過無痕詩知道》

　　截句推行幾年，已往境外擴展，往更年輕的世代扎根了，選本增多，解讀、論述不斷加強，去年和東吳大學中文系合辦的「現代截句詩學研討會」（發表兩場主題演講、十六篇論文），其中有四篇論文以「截句專輯」刊於《台灣詩學學刊》三十三期（二〇一九年五月）。它本不被看好，但從創作到論述，已累積豐厚的成

　　果，「截句學」已是台灣現代詩學的顯學，殆無可疑慮。

　　「台灣詩學詩論叢」前面二輯皆同仁之作，今年四本，除白靈《水過無痕詩知道》外，蕭蕭《截句課》是編的，作者群是他在明道大學教的博士生們，余境熹和林秀赫（許舜傑／台灣詩學研究獎得主）都非同仁。

　　至於這一次新企劃的「同仁詩叢」，主要是想取代以前的書系，讓同仁更有歸屬感；值得一提的是，白靈建議我各以十問來讓作者回答，以幫助讀者更清楚更深刻認識詩人，我覺得頗有意義，就試著做了，希望真能有所助益。

　　詩之為藝，語言是關鍵，從里巷歌謠之俚俗與迴環復沓，到講究聲律的「欲使宮羽相變，低昂互節，若前有浮聲，則後須切響」（《宋書·謝靈運傳論》），這是寫詩人自己的素養和能力；一旦集結成社，團隊的力量就必須出來，至於把力量放在哪裡？怎麼去運作？共識很重要，那正是集體的智慧。

　　台灣詩學季刊社將不忘初心，在應行可行之事上面，全力以赴。

曾美玲答客十問

李瑞騰

1、妳從2011年教職退休以後，從虎尾北遷台北，活動空間及生活形態有了很大的變化，詩創作量顯然增多，想必也因之而質變，妳自己是否有所覺察？

答：

　　十分感謝李社長細心了解美玲的生活狀況和深入研究我的創作歷程！我從2011年教職退休後，從家鄉虎尾搬到台北，活動空間與生活形態的確有了很大的變化，詩創作量增加很多，也力求題材的拓寬和表現技巧的創新與突破。

　　從34歲出版第一本詩集《船歌》後，一直到50歲退休前，因忙於繁重的教學和養育孩子，寫作的時間相對減少，共出版四本詩集，包含《船歌》、《囚禁的

陽光》、《曾美玲短詩選》和《午後淡水紅樓小坐》。
寫作內容從童年的回憶、對母愛的讚頌，少女時代對愛
情與夢想的憧憬、對大自然的歌詠、對故鄉人事物的描
繪、直到身為人母和人師，以詩記錄女兒的成長與師生
的互動，也開始書寫關懷社會的詩。

　　退休後搬到台北，有了充裕的時間，全心投入創
作，也參加了一些詩的活動，尤其是多次參加白靈老
師主持的吹鼓吹小詩雅集，認識許多愛好現代詩的詩
友，大家相互切磋詩藝，分享詩觀，帶來巨大的挑戰
與衝擊，新環境也激發更多新鮮多彩的靈感，這八年
的時間，我總共出版四本詩集，包含《終於找到回家的
心》、《相對論一百》、《貓的眼睛》和即將出版的
《未來狂想曲》。數量上，發表在詩刊和報紙副刊的
詩，比退休前增加許多。題材上，變得更多樣。包含台
北生活、國內外旅遊經驗、對家鄉和故人的思念、與詩
人們的對話、關懷環境和自然生態、記錄國內與國際的
諸多災難等等。在表現形式上，力求語言的精鍊，意象
的創新與切入角度的精準。100首自創四行相對論哲理
小詩，即是我多年來，以實驗的精神、創新的理想與
堅持的毅力，進行的詩冒險旅程。詩集《貓的眼睛》與

這本新詩集《未來狂想曲》更是勇敢挑戰自己，誠如蕭蕭教授在詩集《貓的眼睛》的推薦序裡所言：『曾美玲無意要循前車之轍前進，《貓的眼睛》要展現自己的「新」。』而新詩集《未來狂想曲》的詩作，例如第一輯中的詩〈未來狂想曲〉、〈魔鏡〉、〈致遠方的情人〉、〈論寂寞的兩種方式〉、〈論沉默〉和第五輯中的截句〈失眠〉等，更是我嘗試與不同以往的抒情風格創作的新作品。

2、妳出身台師大英語系，長期從事中學英語教學，有能力翻譯自己的詩。在寫作上，英詩或美國詩歌曾給過妳啟發嗎？

答：

　　是的，英詩與美國詩歌曾給我很大的啟發。當年在師大英語系求學時，英國文學與美國文學是必修課程，廣泛涉獵與閱讀大量的經典詩作、戲劇與小說。大三時，我選修陳祖文教授的〈英詩〉、戴維揚教授的〈戲劇〉，深入接觸歷史悠久的英國詩歌與戲劇，莎士比亞的十四行詩，浪漫時期詩人華茲華斯、濟慈、拜倫、雪

　　來、彭斯等，對我早期的詩作，尤其是情詩與歌詠大自
然與童年的詩，有許多啟發。大四時，選修羅青教授的
〈英美現代詩〉，老師專業啟發的教學，全程英文授
課，帶領我們閱讀英美現代名詩，更拓寬了視野，最喜
愛的詩人有葉慈、艾略特、佛洛斯特、狄瑾遜等，從他
們經典詩作，吸收豐富的養料，對我的詩創作有深遠的
影響。

　　我的第一本，由自己翻譯的中英對照詩集是《曾美
玲短詩選》，記得當年，忙於繁雜的教學工作，很難找
出一個完整的時間，將詩作譯成英文；但我覺得，畢業
於師大英語系，長期從事高中英文教學的我，應接受這
個挑戰，便鼓起勇氣，利用晚上準備教材與批改英文作
文的空檔，將詩作全數翻譯成英文，前成大外文系系主
任馬忠良教授，閱讀完我的詩集後，寫了一封信給鼓勵
我，除了分享他特別喜愛的幾首詩，也很肯定我的翻譯
能力，說：「不愧是科班出身，翻譯得精準傳神。」

　　在我的第二本詩集《囚禁的陽光》裡，首度收錄
了二十四首四行哲理小詩〈相對論〉，以短小的形式和
相對的意象，進行實驗性的創作，這個自創的四行相對
詩，美玲持續創作了十七年，再用一年的時間，將已發

表的一百首相對詩，翻譯成英文，在2015年，由書林出
版社為我出版了中英對照詩集《相對論一百》。

**3、蕭蕭為妳的幾本詩集寫過序，另外為妳寫序的還有
　　吳晟、李有成、洪淑苓，他們各有詩學訓練，詩風
　　互異，作為一位原創者，妳如何回應他們對於妳的
　　解讀？**

答：

　　十分感恩蕭蕭教授、吳晟老師、李有成教授、洪淑
苓教授和已故前輩詩人文曉村老師，曾經在百忙中，抽
空為美玲的詩集，寫下精彩深入的推薦序文！

　　蕭蕭教授是著名詩人，也是詩壇最具代表性的詩評
家，能得到老師為我的四本詩集寫序文鼓勵，我萬分珍
惜！詩集《午後淡水紅樓小坐》的序文裡，老師即特別
對我的相對論四行哲理詩，做專業的評賞，說：「呈現
台灣新詩罕見的哲理性，這樣的哲理性，是以婉約的意
象，啟人心智，令人折服。」給我很大的鼓舞，這也是
鼓勵我朝一百首相對論目標前進，很重要的動力。在詩
集《相對論一百》中，老師又以獨到創新的結構分析，

　　將一百首相對詩分成五大形式，有AaBb形式：兩截式
設計、ABCc形式：縮截式設計、dDAB形式：開啟式設
計、AaCcBbDd形式：兩兩相對的多層次設計和V形式：
定點雙向設計，將我多年來在形式的變化與開創上，所
投注的心力，知音般的解讀，讓美玲非常感動與折服！

　　退休前，因為長期和吳晟老師與蕭蕭教授，共同獲
邀擔任雲林縣正心中學與虎尾高中聯合詩賽評審，很幸
運從兩位詩壇前輩身上，學習許多評賞詩作的技巧和不
同的詩觀。詩集《午後淡水紅樓小坐》，很幸運也得到
吳晟老師的推薦序文。老師在序文中，除了肯定我的短
詩，對我關懷台灣社會的長詩，如〈讓我們一起去賞雪
吧〉、〈新生的彩蝶──致林奐均〉，也特別推薦，老
師說：「結構完整，敘事流暢，展現了恢宏而莊嚴、悲
天憫人的氣度襟懷。」，文末還不忘鼓舞我繼續創作，
老師總結：「曾美玲出身外文系，文學涵養根基深厚、
視界廣博，更重要的是她對人事始終如此多情、詩心飽
滿…」，我一直將老師溫暖的鼓舞，放在心裡，期許自
己，創作更多感人的詩歌！

　　退休後搬到台北，和我國中英文啟蒙老師李容慧
老師驚喜重逢！老師和師丈，前中央研究院歐美研究所

所長李有成教授，待人親切和善，對剛搬來台北的我與家人，十分關照，讓我們備感溫暖。李教授是國際知名學者，也是優秀詩人，在兩篇序文中，他以學者的宏觀視野，兩度提到我詩作的題材：「繁複多樣，幾近包羅萬象；在曾美玲筆下，不論言志或者載道，自然、生命、情感、生活、世事，道德、宗教、歷史等莫不可入詩。」，感恩李教授如此細心閱讀我的詩！因寫詩多年，我一直期許自己，拓展題材，有更寬闊的視野與胸襟。在詩集《貓的眼睛》中，李教授以〈輓歌二三〉為題，用專業的角度，將我詩集裡的悼亡詩，無論是哀悼地球戰亂與惡化的生態環境，或是整輯寫給英年早逝的姪兒的詩，做深刻動人的解讀，最後說道：「人生一世，草木一秋，寫詩，對曾美玲而言，容或正是一場止痛療傷的過程。」當我讀到這句話，感動的淚水在眼眶裡，止不住地滴落。

台大中文系洪淑苓教授，不但是著名學者，也是一位優秀詩人。在我的第二本詩集《囚禁的陽光》出版後，曾在文訊寫評賞的文章；文中提到我的詩（非常溫暖），且對收錄其中的二十四首相對論詩，最早公開肯定，建議我可以繼續開拓此一主題；十分感謝淑苓的高

見，讓我更堅定地朝一百首前進！詩集《終於找到回家的心》，很榮幸能有淑苓動人精彩的序文！她在序文中，特別提到我一些對現實世界關懷的詩，「都是採取了十分溫柔敦厚的觀點，不以控訴為聲調，反而是諒解、撫慰與祈福的話語，在在拓展了「災難書寫」的模式。」此外，同樣身為人母，她表示很欣賞我把對女兒的關愛，化為筆下的詩篇，讓我深感女詩人間，相知相惜的真情！

　　我的新詩集《未來狂想曲》，又很榮幸邀淑苓教授寫序文，虎尾科技大學詩人學者王厚森教授，與乾坤詩刊責編詩人季閒先生，也都表示很樂意為我的新詩集寫序文，美玲深感溫暖，也向所有賜序的詩人學者們，致萬分的謝意！

4、妳這本詩集以「未來」為名，雖說是「狂想」，但表示妳已感受到因科技而帶來的巨大變化；〈致遠方的情人〉面對的是個人小我，也具未來意識。我最近在幫學校編一本《眺望五十年後的今天》，是一位科學家非常具有人文視野的未來預測。「未來」，詩能用想像去探索嗎？

答：

　　謝謝社長好棒的提問！很期待您正在編集的書《眺望五十年後的今天》！書名就很吸引我！愛因斯坦曾說：「想像比知識更重要。」，我深信，不只是科技，詩也一定能用想像去探索。因著科技的日新月異，探索未來的時空，融入超現實的想像，成了近來我喜愛書寫的主題之一。小女兒語儂畢業於台大物理研究所，我有時會跟她一起觀賞科幻影片，也會請教她一些電腦與科學常識，尤其是物理領域；對因科技的突飛猛進，例如第五代智慧手機的問世，帶來生活的巨大變化，感到好奇與驚奇，也會更進一步問她：「有一天，科技真能幫助人類，穿越時空，重返過去或回到未來嗎？」，於是我問自己，我最想回到那一個昨日？或最想飛到哪一顆星球？〈未來狂想曲〉這首融合科技與狂想的詩，自然誕生了。〈致遠方的情人〉這首詩，也是我自己很喜愛的詩，我刻意在最後一行，才揭開這一位神秘的（遠方的情人），真實的身分（老年），增添整首詩的懸疑性與閱讀趣味，帶來令人驚喜的結尾（surprise ending），也將空間上的（遠方），轉換成時間上的（老年），在時空的交錯裡，準備以豁達的心境，迎接等在未來的晚年。

5、二、三、四輯分寫三個空間：「故鄉」、「台北」、「境外」，個別詩文本自有其書寫脈絡，置放一輯，又和他者區隔，整體呈現時，又同屬一個創作主體在某一時間階段的精神產品。妳在安頓這些詩作的時候，是否意識到個別詩文本和妳自己的關聯？

答：

　　是的。感謝您的貼心提問，完全讀出我在編輯這本詩集時，將詩作大致以內容分類，將「故鄉」、「台北」、「境外」，刻意放置第二、三、四輯，空間上，各和他者區隔，時間上，卻同時在進行，大約都在2016年到2019上半年期間，書寫完成的。

　　我的故鄉是雲林縣虎尾鎮，雲林是我出生與成長的地方，虎尾高中是我奉獻青春與心力，唯一任教的學校。除了到台北念高中與大學，畢業後在淡水國中實習一年，我的童年、少年與人生的黃金歲月，都在民風淳樸、景色怡人的小鎮度過。退休後，因兩個女兒到台北工作與求學，全家搬到台北，但對故鄉的思念，尤其是對童年的回憶與對母親與外婆的感恩，以及當年在虎

中，與學生們和同事的種種互動，一直都住在我心深處，自然將永恆的鄉愁與思念，化作一首首以愛命名的詩篇，例如收錄在這本詩集裡的詩〈念故鄉〉、〈寫給家人的情詩〉、〈荷包蛋〉、〈萍聚〉、〈重返虎中〉等，都是獻給故鄉與家人，真心的禮讚！

　　搬來台北後，因交通的便利，我展開許多輕旅行，搭乘捷運，走遍大台北的許多地方，也參加一些詩與藝文的活動，從中擷取創作靈感，一首首以台北新生活為題材的詩，例如〈搭捷運〉、〈春日午後，在齊東詩社〉、〈訪玫瑰古蹟〉、〈這是一座最美麗的城市〉、〈在淡水遇見畫家陳澄波〉、〈周日午後，在大稻埕〉、〈雨後的大安森林公園〉等，分別收錄在詩集《貓的眼睛》與《未來狂想曲》裡。我彷彿重新認識大台北的美麗與哀愁，融入都會生活，體驗在地文化，深入了解古蹟的歷史，以詩的形式，記錄所見所聞所感。

　　退休後，較有閒暇出國旅行，在詩集《貓的眼睛》與《未來狂想曲》中，收錄了許多首我出國旅行途中與回來後，寫下的詩作。我將境外旅行詩，集中置放在同一輯，例如詩集《未來狂想曲》的輯四，收錄我去年走訪英國、荷蘭與日本北海道的旅行詩。這些景點，像歷

史悠久、寧靜美麗的劍橋，盛產乳酪、鬱金香與風車童話的荷蘭，一直都是我夢想造訪的國度。因身歷其境，才能寫出像〈來到劍橋〉、〈那一夜，在往鹿特丹的渡輪上〉、〈印象荷蘭〉等詩作。

6、以詩記遊的時候，妳心裡會有一個對照的時空嗎？

答：

　　無論在國內或國外旅行，我的旅遊詩，心裡總有一個對照的時空，經常是今昔的對照，例如這本詩集裡的詩〈西門町今昔二重奏〉和〈來到劍橋〉。西門町今日是台北熱門觀光景點，記得當年我負笈北上，就讀北一女中，利用月考後的周末，和同學到西門町趕一場電影，紓解繁重的課業壓力，是少女時代，最美好的回憶；四十年後，舊地重遊，往事歷歷在目，對照今日更為繁華的西門町，故人不在，青春遠去，心中有許多感觸，便以此詩，紀念那段永不復返的青春歲月。

　　劍橋一直是我夢想造訪的地方，除了嚮往徐志摩（尋夢／撐一隻長篙）的浪漫詩意，三一學院傳說中牛頓的蘋果樹，霍金的神祕黑洞，都是我十分想要朝聖的

場景。在〈來到劍橋〉一詩中，我先走進三一學院，想像自己，站在那棵歷史上最著名的蘋果樹下，與幾百年前的大科學家對話；接著，坐在小舟上，遙想那位年輕浪漫的詩人，如何撐著長篙，夕陽下，穿梭在兩旁植滿垂柳，綠波蕩漾的康河上，尋夢。

7、你有一輯〈選舉三部曲〉，雖不是都寫選舉，但社會性很強，比較屬於社會寫實之作。這樣的作品，批判、嘲諷免不了，好像不吐不快。妳對這樣的詩有何看法？

答：

　　記得白靈老師曾說過：「詩人是永遠的反對黨」，我很認同。誠如詩人學者王厚森教授，在他的著作《想像、凝視與追尋─1960世代台灣詩人研究輯》書中，所言：「從《囚禁的陽光》開始，曾美玲大量書寫攸關社會議題的詩作，避開男性好寫的政治，從女性獨特的視角出發，觀看島嶼所發生的種種…」。我從第二本詩集《囚禁的陽光》開始，就嘗試書寫關懷社會的詩篇，最早發表的是寫給彭婉如女士的詩〈那一夜〉，後來收錄

在《彭婉如紀念文集》。接下來幾本詩集，也都收錄許多批判社會與關懷地球，寫實性較強的詩。對台灣社會與國際局勢，有時以較溫柔含蓄的語調控訴、有時也會直接發出悲憤不平的哀鳴！〈選舉三部曲〉是我挑戰自己，嘗試碰觸政治議題，將現今台灣選舉的亂象，以詩紀錄，期望藉著這一支聲音微弱的筆，表達一個知識份子對自己國家的關心與憂思！

8、妳喜歡以詩寫人，特別是對象常是詩人。妳有和對方「對話」的意圖嗎？

答：

　　是的。我最早以詩寫人的詩，是收錄在我的第一本詩集《船歌》裡的〈媽媽〉，被韋瓦第的〈四季小提琴協奏曲〉所啟發，我以春夏秋冬的優美意像，讚頌母愛，獻給親愛的母親。後來我的每一本詩集，都有收錄寫給媽媽的詩。

　　我最早寫詩人的詩，是收錄在《終於找到回家的心》裡的〈種樹〉、〈秋訪〉和〈安息〉，向前輩詩人吳晟老師、蕭蕭教授和已故文曉村老師致敬！因長期和

吳晟和蕭蕭老師共同擔任高中新詩比賽的評審，美玲很幸運，有機會造訪吳晟老師的家園，看見老師和師母親自栽種許多台灣原生樹種，而且也號召鄰居與家鄉的農民們，大家一起種樹。老師對家鄉與土地的愛護，深深感動我，藉著這首〈種樹〉，和老師對話，祈願自己效法老師種樹的精神，勤於筆耕，以詩以愛，喚醒更多島民，共同守護我們美麗的家園。

　　2008年秋天，蕭蕭老師邀我和當年擔任虎尾高中教務主任的先生，參觀明道大學。漫步在浪漫的蠡澤湖畔，造訪雅致的宿舍，記得一踏進客廳，氣質優雅的師母以親切的笑容相迎，映入眼簾的，是牆上一幅名家書法，寫的是老師寓意深遠的禪詩，流水般自在的詩句，緩緩流入我的心，洗滌了焦躁的靈魂，回家後寫出〈秋訪〉，和老師對話，記錄一次難得的探訪，也十分感念老師和師母的溫暖情誼！後來在《貓的眼睛》裡，我又寫了一首詩〈夜宴〉，以詩紀錄蕭蕭教授，長期在明道大學，蠡澤湖畔，舉辦「濁水溪詩歌節」，用心策畫許多精彩的活動。詩的最後四行（迷醉了草地上／每一朵寂寞的心／也搖醒波光中／每一艘流浪的眼），深深感覺，這首詩，不只是我和老師的對話，也是曾經參與過

　　的詩人、學生和詩友們，共同的美好回憶。

　　我在前面的答覆中提過，余光中教授在我大三時，從香港返台，擔任師大英語系系主任，他大力推廣新詩，辦了許多文學活動，我便從那一年，開始新詩創作，最早的詩〈船歌〉，刊登於幼獅文藝；先後又得師大童詩獎與新詩獎；從此，持續創作，直到現在。正如我在2017年，余教授離世後，獻給老師的詩：（把一池蓮香／細細啜飲／從此醉了三十多年／再也不願醒來），這些就是我最想跟余老師說的，珍藏內心深處，永遠的感念！

　　此外，我也陸續寫了詩，向幾位前輩詩人作家致意，包含已故武俠大師金庸先生、詩人文曉村老師與謝輝煌先生以及麥穗先生、林煥彰老師、涂靜怡女士、龔華女士、晶晶女士和在今年春天離世的顧德莎女士等。感恩他們在美玲創作與人生的道路上，一直給予春風般的鼓舞與明燈般的指引！

9、妳有一首散文詩〈即刻救援〉，動感十足，很有畫面。這樣的題材，妳何以選擇用散文詩？而妳散文詩並不多，為什麼？

答：

　　長久以來，我習慣以分行詩的形式創作，的確較少創作散文詩；五年前加入台灣詩學的行列，感受到詩社對各種詩的形式，包含分行詩、截句、散文詩等，都很用心提倡與推廣，我也很想挑戰以前較少嘗試的形式，刊登在人間福報副刊的〈即刻救援〉，是我第一首發表的散文詩，十分感謝社長的肯定！讓美玲更有信心，繼續創作散文詩。

　　〈即刻救援〉這首散文詩，是我在網路上，看見一個很感人的短片，內容是拍攝在日本鄉間，當大洪水襲擊時，一隻狗媽媽不顧危險，奮勇游過湍急的河流，一次又一次，拯救她的狗寶寶們。我深受狗媽媽無私的母愛感動，想以詩來記錄這撼動人心的時刻。本來也是以分行詩的形式來創作；詩完成後，感覺不是很滿意；忽然想到，如果以散文詩的形式來寫，更能將故事裡的情節做細膩生動的描述，尤其是當狗媽媽叼著幼兒，在洪流中勇敢游向對岸，千鈞一髮的緊張時刻，散文詩更能表現其中的懸疑性與戲劇性，讓詩更有張力。

10、有時候妳會用「後記」交代寫作背景，通常考慮的是什麼？

答：

　　我的詩，無論小至抒發小我之情，寫給家人好友學生或獻給上帝的情詩、刻劃旅行所見所聞所感的旅行詩，或擴大題材，關懷現實社會與地球的苦難的寫實詩、生態環保詩等，都是生活的真實體驗與紀錄，也是生命的珍貴見證。我的一位學生畢業後，告訴我，當年我在課堂上，分享詩作時，曾說：「我用詩寫日記」，讓她很觸動也很難忘！我想這是我有些詩，會用「後記」交代寫作背景，重要的原因。另一方面，詩人向明老師曾說過，寫詩要能忍受孤寂，要有「恨無知音賞」的崇高心境。我也想跟我的讀者有知音的互動，讓他們更了解這些詩的創作背景，更貼近這些詩，產生美妙的共鳴。

　　以《未來狂想曲》裡的詩作〈萍聚〉為例，這是我再一次寫給母親的詩。當我看到八十歲的母親和她的老同學們，在母校的大禮堂的舞台上，（集體化身不老的秋蟬），快閃歌唱；而佛朗明哥舞者女兒語軒，同時

以舞蹈對話，內心深深感動，我以觀眾與親人的雙重身分，見證這珍貴的一刻，我想，除了詩，再以「後記」交代寫作背景，讓讀者更深入分享這份感動。

　　旅遊詩也是我常常附加註解的作品，因為當我帶著讀者們，到我的詩裡旅行時，無論在國內或國外，我期望我的詩，不只記錄美麗的風光或旅途的心情，也能深入體驗當地的文化與歷史，自然融入詩中，增加旅遊詩的深度與厚度。以「後記」交代寫作背景，也是很需要的補充。以詩作〈在淡水遇見畫家陳澄波〉為例，我在後記裡介紹淡水知名古蹟「淡水禮拜堂」前的藝術穿堂，設有「陳澄波戶外美術館」，展示陳澄波先生十二幅淡水風景畫，讓讀者了解，這首向陳澄波先生致敬的詩，創作的背景；期望讓偉大的藝術家，以永恆的畫作，帶領我們穿越時空，返回昔日的淡水，深切感受畫家筆下（那輪永不墜落的夕陽），直到今日，依舊（在澄澈如鏡的水波裡／溫暖地蕩漾）。

巧筆寫人間
——曾美玲詩集《未來狂想曲》序

洪淑苓

　　從出版第一本詩集以來，曾美玲以穩健的步履走在詩路上，抒情、敘事、論理，各種風格都有優秀的表現。她的〈虎尾小鎮——糖廠〉曾被收入民視「飛越文學地景」系列，拍成影片播放；《相對論一百》更是中英文對照的詩集，展現她精通中、英文創作的才華。近幾年來，從高中教師退休下來的她，更加投入文學志業，不僅頻頻發表作品，也經常受邀演講，為大家傳授創作的秘訣。如今，曾美玲又累積豐厚的創作成果，即將出版最新詩集《未來狂想曲》，真是可喜可賀。

　　《未來狂想曲》分為八輯，輯名分別是未來狂想曲、念故鄉、搭捷運、那一夜，在往鹿特丹的渡輪上、截句、那年夏天、選舉三部曲以及魚木花開。從各輯命名可以感受到這是一部充滿人間情味的詩集，即使是輯

一「未來狂想曲」同名的詩作，也是從現實世界出發，設想5G的通訊網路啟動後，這現實世界將會有怎樣的變化。巧筆刻劃人間情味，確實是曾美玲創作的重要精神。

在曾美玲筆下，故鄉、家人、師長、朋友都在她心中留下深刻的印象，〈念故鄉〉、〈漂鳥歸鄉〉與〈鄉居圖〉等，都是在懷念故鄉虎尾，糖廠、布袋戲館、稻田、向日葵花田，乃至陽光、狗叫聲，都是她日夜懷念，揮之不去的故鄉記憶。而描寫家人的倫理詩作，更有寫給母親、外婆、女兒，以及〈寫給家人的情詩〉這樣的作品。現代詩裡常見描繪愛情的情詩，有關親情倫理的書寫卻是較少數，但曾美玲在這方面卻有不少佳作，尤其是寫給母親、外婆和女兒的詩，恰恰構成女性／母性的血緣與情感脈絡，形成一大特色。

在人際關係、倫理關係之中，曾美玲對於師生、朋友的描寫，也呈現溫馨友好、惺惺相惜的情感。〈那年夏天〉寫給余光中教授，那是她在師大英語系的老師，啟發她對於詩歌的愛好和創作興趣；〈詩經課〉寫彭毅教授，彭教授是台大中文系的老師，曾美玲的先生曾經受教於門下，所以她跟著那班台大中文系的同學每周二

　　下午，一起去拜訪老師，重新聆聽彭教授為他們講解詩經。〈燃燒的筆〉、〈回家〉分別悼念詩人謝輝煌與顧德莎，對於同為詩人，這二位詩人謝世，曾美玲流露了無限感慨。

　　更進一步看，曾美玲對於當下的社會事件，也常常掇拾成篇，把社會的不公不義，或是災難痛苦，一一寫入詩中。譬如〈集體出走〉、〈非砍不可〉、〈衛生紙奇遇記〉、〈如果櫻花知道〉等詩，皆可窺見曾美玲對於現實世界的關懷和回應。連同上述那些倫理詩，都可印證曾美玲對於世間人情的重視與珍惜，她不是活在虛無縹緲的雲端，她是一位熱情入世的詩人。

　　這本詩集還有許多旅遊詩以及對於台北景物的描寫。無論是在國外還是台灣，曾美玲都帶著好奇的眼光，觀察當地的風土人情，加上靈活的想像，為讀者勾勒獨特的風景，也為她自己留下生活與旅行的各種趣味。譬如〈荷蘭印象〉捕捉了風車、童話、羊角村、戴珍珠耳環的少女等的意象，活潑有趣；〈小熊悲歌〉寫旅行北海道時，看到一隻小熊被關在牢籠，不禁生起憐憫心，則是另一種旅遊的印象。幾首寫寶藏巖、登小樓的詩，寫新生南路、台大周邊的教堂、大安森林公園與

生活環境，以及寫西門町、台北賓館、捷運的詩，都顯
現了曾美玲與台北的地緣／情緣。或許，在寫下對故鄉
虎尾的情感之後，近年來居住的台北，也會是曾美玲另
一個故鄉，台北的種種，也已寫進她的「未來狂想曲」
之中。

　　美玲，再次恭喜你出版新詩集，請繼續用你的巧筆
寫下不同的人間風景。

　　　　　　　　　　　（洪淑苓教授任教台大中文系）

用文字後製的感懷寫真集
──季閒讀曾美玲詩集《未來狂想曲》

季閒

　　詩人曾美玲老師的詩總是影象鮮活，景物在文字裡栩栩如生，閱讀她的詩已經數年，雖然幾年前她出版的詩集《相對論一百》，是我必定推薦給跟我學詩同學的觀摩詩集之一，但直到前些日子前，受囑託為這本詩集寫幾個字，才認真思考美玲現代詩創作的特性，曾想過以「用文字寫生的畫冊」來形容這本詩集，可是「寫生」雖然可以表達詩人描景寫物的文字功力，卻侷限在「鏡頭拷貝風景」的功能而已，無法表述美玲文字裡「素描」之外的創作性；若以「用文字作畫」來形容，雖然「作畫」兩字可以涵蓋到比素描更高層的創作意涵，和詩集裡諸多社會與人文關懷的範疇，卻總覺得會讓人有「唯美」的誤解，而且也少了點現代感；前後列出五個選項，最後決定以「用文字後製的感懷寫真

集」，作為我個人對這本詩集的詮釋。

　　這本詩集共有八個單元，又可綜合概分為「記遊」、「關懷」、「感念」、「批判」等幾個面向，但幾乎每首詩都是「藉景抒懷」，一首好詩不應只是情緒的文字寫真而已，還須將文字「後製」，讓讀者的眼睛亮起來；美玲詩人的詩句的特色之一乃「簡潔親民」，既不晦澀也不堆砌華麗詞藻，而是言簡意賅意象鮮明，她擅於將描寫主題的週遭景物或相關事物納入詩裡，然而卻也常常在從容的文字裡，將所見所感的記述加以後製成簡單的陌生化，達到吸睛的效果。

　　賞讀完這本詩集後，發現美玲詩人的詩經常展現下列特色：

一、善用象喻及適時陌生化

　　已故前輩詩人洛夫曾在〈詩的語言和意象〉一文中，論及一首詩的展現可分為「內在世界」及「外在世界」，內在世界即所謂的「詩情」或「詩意」，外在世界指的是「詩象」，也就是由語言構成的圖畫，讀者會先從詩的文字看到詩象後，經由自體的學養與經驗轉化

成「意象」，再經由意象感知這首詩的詩意。同樣都須以文字描寫事物景象，詩與散文的差別在於詩是精煉的文字，必須三言兩語就能讓讀者在心中成象，使用適當的譬喻就能事半功倍，而善用譬喻是美玲詩作的特色之一。

在〈念故鄉〉一詩裡，她很精準地把能代表故鄉虎尾的建築（糖廠煙囪）、文化「布袋戲雲州大儒俠」、和地方小吃（肉圓）帶進詩裡，再用動物（雀鳥、黃狗）和植物（羊蹄甲、九重葛、榕樹），讓我們讀到詩裡的景物就知道她的故鄉並非在都市，而無須直白寫出「鄉下」兩字。詩裡「馬路旁，昨夜出現夢裡的肉圓攤／還在煎炸熟悉的味道與故事嗎？」，就是典型的陌生化詩句：如果肉圓攤煎炸的對象就直接寫是肉圓，這兩句就不出奇，但是煎炸「熟悉的味道與故事」，就讓人眼睛為之一亮。而在「草地上，意外跌落的星星碎片／把冬眠的記憶與思念，撞醒」，這兩句裡，將灑落的星光寫成「意外跌落的星星碎片」整個意象就鮮明許多，也讓我想到小時候對著流星許了很多願望，這些願望有哪些實現了，有哪些又意外跌落而碎裂呢？

能善用身邊景象加以詞性轉品，就能用簡單的句子

創造出意在言外且吸睛的佳句，美玲詩人的陌生化句子總是能信手捻來，例如：

在〈鄉居圖〉裡，她寫路過的白鳥「啄破水稻／一夜好夢」，耕耘機用忙碌的歌聲「犁碎黑夜寧靜」，讓田野景象以優雅的姿勢躍然紙上。

在〈童年·往事〉她寫道「而童心總是善冒險的／成群結隊／打撈溪裡魚群的午寐／打撈湍急的笑聲」，在這裡，如果只是寫一群小孩，在溪水裡撈魚充滿歡樂，那就沒啥看頭，她卻小小後製，打撈的是魚群的「午寐」，而在打撈溪水「湍急的笑聲」這句裡除了陌生化之外，又呼應了「童心總是善冒險的」。然後「至於爬樹／摘下蓮霧多汁的笑容／摘下芒果金黃的愛心／那是夕陽常偷窺的秘密」，小孩子背著大人，從下午到黃昏偷偷幹的秘密勾當，被這幾句寫活了，蓮霧的笑容甜美到出汁，誰不想咬一口呢？

二、感情濃郁色澤真實

王國維在《人間詞話》一開頭就提到「詞以境界為最上，有境界則自成高格，自有名句」，但是在這本

論詞名著裡，並未對境界兩字下定義，在後人推敲所得中，以「情境」或「意境」來解讀境界，都頗適用於現代詩的寫作，而這兩者並無法截然劃分，一篇讓人充滿情感的詩作，往往能有言詞之外的感動。《人間詞話》裡又說境界可分為「寫境」與「造境」，簡言之，寫境是針對景物較忠實的描述，而造境則是對景物以文字後製後，再從詩句裡表現；文字後製的方式如前述的陌生化是其一，在景物裡融入情感也是詩人常用的方式，也就是所謂的借景抒情。

不難發現，美玲的詩總是感情滿滿，卻不會情溢乎詞，在〈西門町今昔二重奏〉裡，她認為紅樓戲院「不老」只是有些滄桑，真善美戲院「不甘示弱」「日夜放映夢的千姿百態」，在不遠處的老字號咖啡仍「堅持原味」「綜合幸福與悲傷／煮沸人生」，她把對西門町的感情結合人生感悟，透過文字，用畫面呈現在讀者的眼前。

在〈元宵點燈前的西門町午後〉裡，她寫道「等燈一亮／笑容會在孩子們的臉上開花／也會在大人們的心裡，復活」，又說「舞台前早已擺上許多張椅子／虔敬邀請／你我他／來自四面八方的寂寞」，從這幾句裡不

難看出美玲詩人不但感情豐富，經常「以我觀物，物皆著我色彩」，在色彩裡洋溢著真誠。

三、畫面躍出動感十足

　　美玲寫詩經常使用擬人法，詩寫對象一經擬人化，則動作、表情、情緒自然會躍然紙上，讓原本靜止的「詩中有畫」就成了「動畫」。以〈冬陽即興曲〉為例：首句「陽光意外比鬧鐘早起」除了將陽光和鬧鐘都擬人化，也有陌生化吸睛的效果，然後她將陽光又比擬成「天梯長的魔杖」，然後以魔杖「敲碎昨夜窗台的霜花／敲碎旅人結冰的鄉愁／再敲一敲／敲醒清晨露珠的心事／卻敲不醒／貓咪相依相偎／懶洋洋的夢」，讓我們透過文字看到了一個頑皮小天使，拿著小小魔杖「這邊敲敲那邊敲敲」，而慵懶的貓兒們卻依舊不願醒來；這首詩除了動感精細如一部微電影之外，也巧妙地轉化了李白名句「床前明月光，疑似地上霜」，她讓窗邊也結了霜花，且「鄉愁結冰」也是極優的陌生化手法，而「敲醒露珠的心事」則有「一切有為法如夢幻泡影，如露亦如電，應作如是觀」的暗喻。

　　另一首〈PK大戰──觀世足〉裡，鏡頭一展開就是「這一踢，該踢向右／向左，也許直射／到底，射穿勝利的金色大門／踢入失敗的黑暗洞穴？」，透過文字呈現的畫面，讓觀眾們緊張屏息，目不暇接。而在〈江湖──送別金庸先生〉詩中「那些年，深夜最宜練功／請手電筒帶路／從黑漆漆的棉被密室出走」，寫活了五十六十年代青少年們背著老師父母，偷偷躲在棉被裡看金庸武俠小說的場景。

四、詩題撩心文字真誠

　　時下現代詩的創作方式中，有些寫者喜歡堆砌華麗詞藻，往往三斤詞藻萃取之後，卻無一兩可令人感動之意涵，甚至晦澀難懂，又有些喜歡在詩題上炫技，但綜覽全詩卻僅有詩題可觀；而美玲寫詩卻是常以樸拙文字寫出至誠之感，讓讀者經由流利舒暢的閱讀過程中，感受到詩人溫暖的內心和人生智慧。

　　當我看到〈論寂寞的兩種顏色〉時，就很好奇寂寞能有哪些顏色？很自然地想繼續閱讀下去，詩中第一節裡的主角是金魚，詩裡「魚缸深海」運用了反襯的技

巧，讓我聯想到「庭院深深深幾許」的景象，被養在魚缸裡的金魚，多年來，只能「重覆白天接班黑夜／鐘擺規律的節奏」，這金魚簡直是一位美麗又寂寞的朱門怨婦，難怪她眼裡的寂寞是金色的；同樣地，在詩裡第二節中，蜷縮在詩人懷裡的白貓，雖然有主人的寵愛，但是主人能了解她「芳心」深處需要什麼嗎？因為經常「獨坐無眠的夜」，看多了夜色，所以「一雙凝望的眼睛／倒影窗外／黑色的寂寞」。

　　另一首〈你那裡停電嗎〉，喔！到底發生了啥事？很難不繼續讀下去，然後她寫在八月十五日下午五點多，「日子一如往常昏睡與清醒」，在現代人的生活起居離開不電器設備的日常裡，居然「親密的電突然不告而別／整座島嶼的大街小巷／開始流傳一句／汗流浹背的問候語／：你那裡停電嗎？」，在政府鼓勵以愛發電不缺電的口號年代，這真是一首用詞簡單貼切，具有社會關懷的諷刺詩，尤其那句「汗流浹背的問候語」真是生動且陌生化的神來之筆。

　　《人間詞話》裡提到「客觀之詩人，不可不多閱世。閱世愈深，則材料愈豐富、愈變化」「主觀之詩人，不必多閱世。閱世愈淺，則性情愈真」，我們卻能

在美玲詩人《未來狂想曲》詩集裡，讀到許多她以率真
文字，寫下充滿人生智慧的詩句，詩集廣泛取材身邊諸
事景物且風雅頌兼具，讀者讀詩時，應多推敲詩中字裡
行間，隱含的言外之意，必能在人生體悟和寫作技藝上
有所助益。

（季閒先生為乾坤詩刊責任編輯）

從念故鄉到未來狂想曲
──讀曾美玲詩集《未來狂想曲》

王厚森

　　生於雲林、長於雲林的詩人曾美玲（1960－）老師，即將出版新作《未來狂想曲》，囑我替詩集寫些讀後感，趁著期末批閱完學生的考卷與作業之際，反覆讀了這本詩集幾遍，發現這部詩集一方面承續過去的幾個創作路向，一方面對於未來的科技與生活也有了些精采的觀察與思考。

　　會知道曾美玲老師，是因為幾年前進行台灣1960世代詩人的研究時，在大量翻讀詩作的過程中，發現這位過往很少被論者們注意，卻已繳出豐碩成果的女詩人。美玲老師的創作之路，或許可以以2011年自虎尾高中退休為止為界。從開始創作的1984年到2011年退休為止，這二十幾年中因為教學等事務的忙碌，她僅出版了四部詩集，其寫作的速度並不算快；但是在退休之後，

從2011年至今的八年間，卻已先後出版《終於找到回家的心》（2012）、《相對論一百》（2015）、《貓的眼睛》（2017）、《未來狂想曲》（2019）等四冊，其豐沛的創作力以幾乎是兩年一本的速度，替詩壇上帶來陣陣和暖的煦風。

　　我在〈現實的擁抱與詩藝的告白：曾美玲詩創作歷程及文本分析〉一文中，曾經就曾美玲老師的前六部詩集做過相應的論析，指出她的「創作路向廣及自然之美的詠嘆、情思的捕捉和反饋、以詩論詩、現實的關懷，及貫串創作歷程的『相對論』四行詩。從相應的分析可以了解，曾美玲對自然的喜愛與情感的珍視，與從小生活於鄉間有關，也和她質樸真誠的性格相合。在此同時，詩一直是她心靈最堅實的伴侶，她在諸多詩行中表述了詩的理念，強調詩人理應面向現實世界對不公不義發聲。最後，在長達十八年的努力下，她完成一百首四行體哲理詩的寫作，以女性獨有的細膩、浪漫和婉約，開展出台灣詩壇少有的哲理之境，也展現對土地與生命的深刻反思。」其中，最深刻的觀察，就是她對於土地的關懷與現實的凝思。

　　事實上，在曾美玲老師的詩作中，對故鄉以及台

灣這塊土地的深情，從來就沒有少過。這本收錄78首詩作的詩集，她原先曾思考過以《念故鄉》來加以命名（後參考一些師友們的意見改名為《未來狂想曲》）；同時，這本詩集的輯二即取名為「念故鄉」，收入與故鄉、家人相關的詩作共12首。從〈寫給家人的情詩〉、〈淚憶好友〉、〈重返虎中〉〈再見了，親愛的爸爸〉、〈親愛的母親〉到〈童年‧往事〉，我們可以看見「而童心總是善冒險的／成群結隊，打撈溪裡魚群的午寐」，「忽然站起來，親切地揮手／原來，詩從未遠離／一如回憶與思念」，「糖廠那根早已打烊的煙囪／還在和雀鳥們閒聊，昔日的榮景嗎？／／布袋戲館的看台上，仍在上演／史艷文和藏鏡人的恩怨情仇嗎？」這些故鄉與家人的記憶，再加上對母土的觀察，也聯繫成為這部詩集的主軸。

　　退休之後這幾年美玲老師移居台北，於是有了「輯三：搭捷運」，透過捷運上與沿途景點的觀察，寫的仍是台灣的文史與人物。這一輯中最引起我注意的，無疑是〈在淡水遇見畫家陳澄波〉一詩。日治時期，「淡水」是一個諸多畫家筆下，不斷被描繪、具備台灣鄉土色彩的重要景點。台灣近代重量級的畫家陳澄波

（1895－1947），也曾經在這裡留下過足跡。淡水知名古蹟「淡水禮拜堂」前的藝術穿堂設有「陳澄波戶外美術館」，也展示著陳澄波的十二幅淡水風景畫。在這首詩中，詩人以「一團團燃燒的愛／澆不熄的美感與詩／在澄澈如鏡的水波裏／溫暖地蕩漾／溫暖地蕩漾⋯⋯」。透過淡水的美景與畫作，與畫家展開知性與感性的對話，在描繪美景的同時，也召喚著不該被遺忘的人物和歷史。

此外，「輯四：那一夜，在往鹿特丹的渡輪上」，延續過往在旅遊之際，表現出對於自然與流浪的渴望。「輯五：截句」是對於四行內的短詩截句的一種嘗試。

「輯六：那年夏天」是以前輩詩人為主要書寫對象的論詩之作。「輯七：選舉三部曲」與「輯八：魚木花開」是對於現實社會現象的批判與刻劃。在上述這些作品之外，特別讓人驚艷的是收錄在「輯一：未來狂想曲」中，幾首表現詩人詩寫心緒與內在狂想的近作。在〈論寂寞的兩種顏色〉中，一隻吶喊著金色寂寞的魚，被與書房中詩人懷裡凝望窗外黑色寂寞的貓對比起來，其實魚的寂寞和貓的寂寞，最終都是詩人的寂寞，詩人踽踽獨行寫著寂寞的詩，渴望的正是讀者與知音。同樣

的，〈月亮的四個願望〉中那「賣力書寫／光明的詩／照亮／被黑暗俘虜的心」，「拍動想像的翅膀／神遊／夢的遠方」，寫的也是詩人的造夢工程。至於這本詩集的同名詩作〈未來狂想曲〉，則是描寫5G時代來臨，雲端科技將更加打破現實距離的藩籬，就像神話中「跳上飛天魔毯」或者「騎著巫婆的神奇掃帚」，就能穿梭銀河，喚醒沈睡的童話。

　　作為一名長期關注美玲老師詩創作歷程的研究者來說，我認為她的作品始終有著一種相當吸引人的特質，那種特質就是她在〈魔鏡〉一詩中所寫到的：「期盼帶領迷路的眼睛／穿透皮相／照見內心真實的美麗」。對於諸多詩人來說，召喚著我們不斷在詩國中穿梭與飄浪的，或者正是這種詩的迷人之處。因此，恭喜美玲老師新作出版，也期待她能夠繼續帶領我們在詩的星際旅程中奇航。

（王厚森教授任教虎尾科技大學通識中心）

未來狂想曲

序詩

曾美玲

（一）從年輕到老年──獻給爸媽

迎戰來自四面八方，風刀雨箭的明暗攻擊
像眼前百朵千朵萬朵，怒放的鬱金香
始終以鮮紅的勇氣加倍不凋的愛
撐住一個家

（二）詩

親愛的，如果你願意
請耐心傾聽
所有說不出口的愛戀與悲傷
都藏在詩的心跳裡

（2019／7／19）

攝影：曾忠仁

未來狂想曲

目　次

【總序】不忘初心／李瑞騰　　　　　　　003

曾美玲答客十問／李瑞騰　　　　　　　007

巧筆寫人間

　　　——曾美玲詩集《未來狂想曲》序／洪淑苓　026

用文字後製的感懷寫真集

　　　——季閱讀曾美玲詩集《未來狂想曲》／季閱　030

從念故鄉到未來狂想曲

　　　——讀曾美玲詩集《未來狂想曲》／王厚森　039

序詩　　　　　　　　　　　　　　　　044

輯一｜未來狂想曲

未來狂想曲　　　　　　　　　　　055

魔鏡　　　　　　　　　　　　　　057

論寂寞的兩種顏色　　　　　　　　059

論沉默　　　　　　　　　　　　　061

致遠方的情人　　　　　　　　　　063

演講前後　　　　　　　　　　　　　　　　065

月亮的四個願望（Four Wishes of the Moon）　067

冬陽即興曲　　　　　　　　　　　　　　　070

輯二｜念故鄉

念故鄉　　　　　　　　　　　　　　　　　075

漂鳥歸鄉　　　　　　　　　　　　　　　　077

寫給家人的情詩　　　　　　　　　　　　　078

荷包蛋——獻給外婆　　　　　　　　　　　080

萍聚——致親愛的媽媽　　　　　　　　　　081

美好的一天——獻給媽媽　　　　　　　　　083

鄉居圖　　　　　　　　　　　　　　　　　084

淚憶好友——送別琇未　　　　　　　　　　085

重返虎中　　　　　　　　　　　　　　　　088

老師的回憶　　　　　　　　　　　　　　　089

再見了，親愛的爸爸
　　　——觀佛朗明哥舞劇「沙蕾妲的傳說」　090

親愛的母親——致陳寶環女士　　　　　　　093

童年・往事　　　　　　　　　　　　　　　095

輯三｜搭捷運

搭捷運──台北生活剪影　　　　　101

在淡水遇見畫家陳澄波　　　　　103

週末訪台北賓館　　　　　106

大自然的詩人──敬賀林煥彰老師八十大壽　　　　　108

春遊──台北東湖內溝溪生態步道之行　　　　　110

詩經課──獻給彭毅教授與詩經家庭　　　　　114

週日午後，在大稻埕　　　　　116

西門町今昔二重奏　　　　　119

元宵點燈前的西門町午後　　　　　121

下午茶　　　　　123

春之宴──寫春天的大安森林公園　　　　　124

雨後的大安森林公園　　　　　126

輯四｜那一夜，在往鹿特丹的渡輪上

來到劍橋　　　　　131

訪溫莎小鎮　　　　　134

在約克下午茶　　　　　136

那一夜，在往鹿特丹的渡輪上　　　　137

印象荷蘭　　　　139

重遊北海道　　　　141

湖的記憶——北海道記遊　　　　144

小熊的悲歌

（The Sad Song of A Little Bear – by Mei Ling Tseng）　　　147

輯五｜截句

一行詩　　　　151

失眠　　　　152

小蝴蝶　　　　154

黑貓與白貓（Black Kats and White Cars）　　　155

麝香貓的哀歌——致親愛的人類　　　156

五色鳥　　　　157

卡通幻想曲　　　　158

夕陽與彩虹（The Sunset and The Rainbow）　　　159

亞當與夏娃（Adam and Eve）　　　160

海邊記事　　　　161

賞菊　　　　163

小黃花（Little Yellow Flowers）　　164

白色聖誕（White Christmas）　　165

與神同行　　166

再度降臨——聞台大校長遴選事件有感　　167

路過榕樹林　　168

聽不見的耳朵最清醒——致貝多芬　　169

讀報截句四題　　170

輯六｜那年夏天

那年夏天——致敬余光中老師　　177

江湖——送別金庸先生　　179

燃燒的筆——悼詩人謝輝煌先生　　180

回家——送別詩人顧德莎　　182

輯七｜選舉三部曲

選舉三部曲　　187

不一樣的星期天　　189

你那裡停電嗎　　191

衛生紙奇遇記　　　　　　　　　　　　192

如果櫻花知道──哀悼三十三位罹難者　193

頭條新聞　　　　　　　　　　　　　　195

破世界紀錄──致郭婞淳　　　　　　　197

PK大戰──觀世足　　　　　　　　　　198

下雪了　　　　　　　　　　　　　　　199

輯八｜魚木花開

魚木花開　　　　　　　　　　　　　　203

杜鵑花　　　　　　　　　　　　　　　204

聖誕禮物　　　　　　　　　　　　　　205

即刻救援（散文詩）　　　　　　　　　207

失眠夜（古詩解構）　　　　　　　　　209

青春物語　　　　　　　　　　　　　　211

我的名字（My Name）　　　　　　　　214

2018，最後一夜　　　　　　　　　　　216

未來狂想曲

未來狂想曲

5G誕生後，手機更智慧了
據說，雲端科技將加倍魔幻
虛擬實境瞬間成真
秒速之內，久別的情人驚喜重逢
於千里之外

也許有一天
只要跳上飛天魔毯
就能輕易穿越時空
重返最春天的過去
擁抱最遺憾的愛
或者，騎著巫婆的神奇掃帚
冒險遙遠的未來
在銀河系某顆發光的星球上
含淚吻醒

沉睡一百年
始終無法忘懷的童話

（2019/3/1）
（台灣詩學吹鼓吹論壇37號，2019年6月）

魔鏡

「魔鏡啊魔鏡
誰是世界上最美的女人？」
幾百年來，照遍整個地球
那面會說話的鏡子
早已搬進每個女人的心理
時時刻刻，扮演順服的僕人
催眠主人虛榮的眼睛

直到有一天
變身信任的知己
鏡子終於鼓起勇氣
不惜粉身碎骨
說出真相
期盼帶領迷路的眼睛

未來狂想曲

穿透皮相
照見內心真實的美麗

（2018/11/2）

（創世紀詩刊198期，2019年3月春季號）

論寂寞的兩種顏色

（一）

客廳魚缸的深海裡

游來游去，一隻安靜的魚

多年來，重覆白天接班黑夜

鐘擺規律的節奏

有一天，忽然對著主人

空洞的眼神

吶喊金色的寂寞

（二）

書房的角落

獨坐無眠的夜

詩人懷裡蜷縮著

白貓迷離的夢
一雙凝望的眼睛
倒影窗外
黑色的寂寞

（2017/7/6）
（台灣詩學吹鼓吹詩論壇，2017年12月）

論沉默

有時候
沉默比雷霆更雷霆

凡人的耳朵聽不見，肉眼看不到的
並不證明都不存在
像披著隱形披風的超級病毒
躲藏陰影裡，魔鬼勝利的笑聲
或者高高閃爍夜空
天使白色的眼淚
神的啟示與大能等等

由此推論：
一個外表冰冷，木訥寡言的情人
他的心可能火熱勝艷陽
誓言比蟬聲聒噪

如果有一天
沉默的硬殼被打破或被軟化
你或將聽見

（2017/7/26）
（台灣詩學吹鼓吹詩論壇31號，2017年12月）

致遠方的情人

曾經我吟唱童年
也塗抹一道道歌誦青春的虹彩
和許多人一樣
用一公升加一公升的眼淚
雕刻哀樂中年的眼神

現在的我
有一個遠方的情人
住在不知名的地方
頭頂比雪謙卑的銀絲
眼睛散發星星般的光輝
總是俯身擁抱人間苦難
溫柔譜寫一宇宙戀歌

他是我遠方的情人

他的名字，叫

老年

（2018/4/3）

（創世紀詩刊195期，2018年6月夏季號）

演講前後

演講前，我的心湧入一波波
起伏的浪花
腦海裡反覆排練
精心完成的講稿
像一名自我要求完美
即將上台的演員

演講後，望向離去的背影
細細溫習現場的互動
回味知音的光亮眼神
雲彩般短暫交會
終於輕聲道別
久居腦海的講詞

構思下一場
全新戲碼

（2018/3/1）

（野薑花詩刊第26期，2018年9月）

月亮的四個願望
(Four Wishes of the Moon)

（一）

賣力書寫
光明的詩
照亮
被黑暗俘虜的心

Writing bright poems

Diligently and passionately,

She hopes to light up

The hearts captured by darkness.

（二）

讓專注的耳朵
收藏
傷心人的寂寞與歌

Her attentive ears
Always collect
Loneliness and songs of a sad man.

（三）

伸出愛的長臂
擁抱
地球億萬年的荒涼

She will stretch out the long arms of love

And embrace

Desolaton of billions of years on earth.

（四）

拍動想像的翅膀

神遊

夢的遠方

Flapping the wings of imagination,

She hopes to travel

In the far-off dreams.

（2017/5/27）

（台灣詩學吹鼓吹詩論壇30號，2017年9月）

（（三）入選台灣詩學截句選300首）

冬陽即興曲

陽光意外比鬧鐘早起

拿出一根天梯長的

金色魔杖

敲一敲

敲碎昨夜窗台的霜花

敲碎旅人結冰的鄉愁

再敲一敲

敲醒清晨露珠的心事

卻敲不醒

貓咪相依相偎

懶洋洋的夢

（2018/1/20）

（台灣詩學吹鼓吹詩論壇33號，2018年6月）

攝影：黃建中

未來狂想曲

念故鄉

念故鄉

糖廠那根早已打烊的煙囪
還在和雀鳥們閒聊，昔日的榮景嗎？

布袋戲館的看台上，仍在上演
史艷文和藏鏡人的恩怨情仇嗎？

馬路旁，昨夜出現夢裡的肉圓攤
還在煎炸熟悉的味道與故事嗎？

校園裡，害羞愛笑的羊蹄甲花
每逢春天，還會舞動圓舞曲之夢嗎？

老家大門口，兩株緊緊擁抱的九重葛
還在日夜守候浮雲遊子的歸心嗎？

向日葵花田上，高舉希望火炬的小太陽
老榕樹下，黃狗的吠聲輓轆的詩
草地上，意外跌落的星星碎片
把冬眠的記憶與思念，撞醒

（2018/7/17）
（創世紀詩刊196期，2018年9月秋季號）
（入選2018濁水溪詩歌節，濁水溪流域作家詩文選集）

漂鳥歸鄉

聖誕前夕，行囊裡塞滿流水的回憶
我又回到種滿稻米與陽光
南方的家鄉
那一群害羞好奇的少年少女啊
從他們飛舞蝴蝶與夢的眼神裡
含淚找回昔日的同伴們
逝去的歌

後記：
2018年12月24日，我獲邀返回故鄉雲林，參加由明道大學
中文系主辦，第十一屆濁水溪詩歌節「漂鳥歸鄉」，在西
螺農工的作家座談，與學子們分享家鄉對創作的影響。

（2018/12/25）
（乾坤詩刊91期，2019年秋季號）

寫給家人的情詩

（一）

像空氣像水又像陽光
時時刻刻，灌溉夢田
癒合心的傷口
一個樸素，小小的窩
春天從未遠離
愛比豪宅更富足

（二）

四處流浪的蝴蝶
日夜尋找夢中的花園
有一天，回頭望見
遠方的夜空

高掛星星的淚，一閃一閃
是媽媽的思念
照亮回家的路

（2019/3/20）

（印尼印華日報副刊，印華文藝，2019年5月2日）

荷包蛋
——獻給外婆

吃荷包蛋時
總會想起天上的外婆

看見四十年前，廚房裡走動的身影
梳著雪白齊整的髮髻
以專注的耳朵
收藏一大鍋青春的笑與淚
用耐心與慢火
煎著兩粒月亮般香甜的愛
笑咪咪端上桌
要我趁熱吃光

（2016/7/8）

（創世紀詩刊189期，2016年12月冬季號）

萍聚
──致親愛的媽媽

親愛的媽媽
隔著六十年的思念
當您和老友們重返母校的舞台
陽光的歌聲再度萍聚
集體化身不老的秋蟬
唱醒回憶的天空

當孫女以春風的舞步
輕快對話
重返外婆的澎湖灣
致敬比貝殼美麗
比仙人掌永恆
不朽的童年

坐在觀眾席上
拍紅了雙掌的我
將鑽石般閃亮的這一刻
牢牢鎖入時光寶盒

後記：
我八十歲的母親，當年畢業於市立台北女子師範學校（現
為市立台北教育大學）。今年十二月二日，她們這一屆已
畢業六十年的校友們，受邀重返母校，上台以三首歌曲
「萍聚」、「秋蟬」、「外婆的澎湖灣」，快閃歌唱。佛
朗明哥舞者女兒語軒也受邀上台，以舞蹈來對話。謹以此
詩記錄我觀賞時的感動。

（2018/12/2）
（中華日報副刊2019年3月23日）

美好的一天
——獻給媽媽

天上的太陽起了一大早

地上的蝴蝶與花穿上彩色衣裳

樹椏的蟬兒與雀鳥大展歌喉

池塘的白蓮展顏歡笑

孩子們也趕著赴宴

獻上太陽與花與蝴蝶

蟬兒與雀鳥盛夏的賀禮

獻上感恩的菜餚燭光的祝禱

以及言語道不盡的愛⋯⋯

後記：

寫於媽媽78歲生日當天。

（2017/8/1）

（中華日報副刊2017年8月17日）

鄉居圖

當路過的白鳥們
低下頭啄食倒影
啄破水稻
一夜好夢

當犁田的老農
用一輩子勤勞的汗水
以耕耘機忙碌的歌聲
犁碎黑夜寧靜

晨曦自遠方趕來
歡欣宣告
白晝再度降臨

（2016/2/2）

（乾坤詩刊78期，2016年夏季號）

淚憶好友

──送別琇未

「琇未於今天下午三點四十分離世」
深夜，短短一則無聲的訊息
雷霆般重擊我心
眼淚與不捨關不住
如洪水泛濫

暗夜裡，鮮明播放
那些年，我們一起打拼的日子
妳是最溫柔貼心的，像解語花
總讀懂能說的不能說的
成打的心事與千萬噸煩憂
那一籮筐交織笑與淚
陽光對話陰影的往事啊
小舟般不停搖晃
復活在記憶的深海裡

再滂沱的淚與呼喚
也喚不回離去的腳步
病魔折磨瘦弱如風的身軀
卻摧不碎一顆包容愛與關懷
水晶般清徹，美善的心

親愛的好友
讓我以一世的思念
以永生的盼望，為妳祝禱
今夜，請將人間所有的艱難苦恨
有形的病痛無形的牽掛
輕輕放下
請慢慢走
慢慢走

後記：

琇未是我當年任教虎尾高中時，非常要好的同事。她是一
位極認真盡責的國文老師，個性溫柔貼心，學生們十分敬
愛她，同事們也都很喜歡她。退休後，因罹患腦癌，這三
年多，她很辛苦地與病魔搏鬥。讓人不捨的，她於2019年3
月24日下午逝世。

（2019/3/24）

重返虎中

一個安靜的四月午後
回到久別的校園
昔日的同事以春風的笑容問候
像一群追風逐夢的小鳥
學生們早已飛向自己的天空

圖書館的牆壁上
那首題名「春之序曲」的詩
忽然站起來，親切地揮手
原來，詩從未遠離
一如回憶與思念

（2019/4/14）
（網路新詩報，2019/8/13）

老師的回憶

多麼陽光的操場

奔跑著青春與夢想

奔跑著汗水，眼淚和笑聲

對面等候著

擠滿學子誦讀師生對話

配樂一首首情歌

穿插一齣齣話劇

那一間反覆出現夢裡

永不熄燈的教室

（2017/9/28）

（乾坤詩刊85期，2018春季號）

再見了，親愛的爸爸
──觀佛朗明哥舞劇「沙蕾妲的傳說」

親愛的爸爸，再見了
當您讀著最後的道別
我正搭乘馬車，旁邊坐著那名少年
有著愛神的俊美臉龐
行囊裡裝滿金色陽光與夢
悄悄駛向遙遠的國度

這將是一趟滿載冒險的旅程
但愛情的魔力已完全征服
飛舞彩蝶與詩的少女心
舞法抵擋的，是那雙燃燒著火焰
戀人的眼睛啊

再見了，親愛的爸爸
讓我最後一次

緊緊擁抱您的呵護

那怕有一天，誓言會枯萎

愛情會褪色

鼓起勇氣，我仍然要

飛向自由的天空

後記：

女兒林語軒是台北迷火佛朗明歌舞團的老師和團員。今年
七月十四日，我觀看由她主演的舞劇「莎蕾妲的傳說」，
以精采的佛朗明哥舞蹈，動人詮釋一位年輕美麗的吉普賽
女孩莎蕾妲，勇敢對抗管教嚴厲的父親，追求愛情與自由
的心路歷程。深有所感，寫下此詩。

（2018/9/1）

（人間福報副刊，2018年11月15日）

舞者：林語軒／攝影：劉宇軒

親愛的母親
──致陳寶環女士

那些年，剛搬來寶藏巖
您毅然脫下新嫁娘夢的衣裳
披上現實的簑衣，門前養豬種菜
烈日鞭打中，工地採砂石
一公升一公升的血淚與辛勞
隨汗水滾滾流下

後來，父親離世
一肩扛起巨石的重擔
您帶領八個幼兒
推開黑暗大門
推開木板工寮的寒冬
再用一磚一瓦，全家攜手建造
重生的幸福

親愛的母親啊，每逢佳節

我們總會團圓

二樓陽台，烤肉話舊

遙望小觀音山上

您月光的笑容

正朝著孩子們的心

溫暖綻放

後記：

受邀參與2017年寶藏巖登小樓詩人寫村計畫。訪談寶藏巖
故鄰長陳寶環的兒子，陳銘松先生，聆聽他回憶他的母親
與他們家族，在寶藏巖的悲歡歲月。僅以此詩，向陳女士
致敬！

（2017/9/9）

（中華日報副刊，2017年10月4日）

童年・往事

騎著時光的白馬
飛回數十年前的家園
童年等在安靜的巷口
帶領回憶翻山越嶺

菜園裡，居民們頭頂烈日
穿越風雨穿越艱困
將夢想與希望
一畝畝播種
一畦畦灌溉

而童心總是善冒險的
成群結隊，打撈溪裡魚群的午寐
打撈湍急的笑聲
小觀音山上，兵分兩國

千遍萬遍，玩不厭的搶國寶

至於爬樹，摘下蓮霧多汁的笑容

摘下芒果金黃的愛心

那是夕陽常偷窺的秘密

小小的屋裡

擠滿孩子的嬉鬧聲

後院尖銳的豬叫

童年是一首沒有休止符的歌

配樂鄰近寺廟的頌禱

一代傳遞一代

照亮回家的路

後記：

受邀參與寶藏巖登小樓詩人寫村計畫。訪談寶藏巖文化協會總幹事詹智雄先生。聆聽他詳述寶藏巖的歷史，他長期為保存，這個兩度被紐約時報，譽為最能代表台北四百年歷史的聚落，所做的努力，以及他豐富的童年往事，令人動容。

（2018/9/8）

（人間福報副刊2017年10月23日）

未來狂想曲

搭捷運

三

搭捷運
——台北生活剪影

清晨，捷運的風
載著朝陽新生的夢
上車下車
奔馳在追尋遠方的雲
各自流浪的道路上

黃昏，捷運的風
載著夕陽晚歸的心
上車下車
穿越城市流動的光影
穿越紅塵的繁華與虛空

晚安月亮和星星
晚安笑與淚

上車下車，各自奔向
旅程的終點

（2018/12/1）
（香港圓桌詩刊62期，2018年12月）

在淡水遇見畫家陳澄波

禮拜堂前的穿堂，悠閒地您走來
從春日和風的即興吹拂裡
從一幅幅塗滿回憶，不老的畫作中
帶領著朝聖的眼睛
搜尋小鎮昔日的榮景

追隨楊柳的細筆白雲之初心
繞來繞去，蜿蜒在碎石小巷的煙塵舊夢
一間間紅瓦古厝，遠遠山坡上
彷彿從深度的睡眠中甦醒
訴說著數百年的人間悲歡

那時，淡水河正忙碌
金色漁唱此起彼落

浪花與水鳥激昂地辯論
唯有觀音山凝神自在
端坐在雲裡風裡霧裡夢裡

而海面上那輪永不墜落的夕陽
正如您的胸口與畫布上
一團團燃燒的愛
澆不熄的美感與詩
在澄澈如鏡的水波裏
溫暖地蕩漾
溫暖地蕩漾……

註：
淡水知名古蹟「淡水禮拜堂」前的藝術穿堂，設有「陳澄波戶外美術館」。展示畫家陳澄波創作的十二幅淡水風景畫，並有中英文深入介紹每一幅畫作。

（2018/4/23）

（人間福報副刊，2019年1月22日）

週末訪台北賓館

週末早晨，跟隨艷陽的腳步
跟隨導覽員熱騰騰的解說
穿越時光走廊
翻閱一章章歷史風雲

精雕細琢的雙柱、山形牆與迴旋鑄鐵梯
耐心訴說巴洛克的絕代風華
水晶吊燈青春永駐，閃爍著百年輝煌
而沉睡中那十七座大理石壁爐
再度甦醒，熊熊燃燒著
改朝換代的笑與淚

走出白色夢境
回眸望見，陽光下
一百多歲的古蹟依然精神抖擻

忽然聽見，從日式庭園的奏樂亭
傳來迎賓的悠揚樂音
穿越古今，在道別的碎石小徑上
久久迴盪……

後記：
台北賓館原為日治時期的台灣總督官邸，為迎接日本皇族
與國內外來賓的場所。建於1901年，1911年改建，1913年
完工，外觀從新文藝復興重視秩序與和諧的設計，改為華
麗的巴洛克風格。民國35年2月1日改稱台北賓館，接待國
內外貴賓。民國87年8月16日，內政部指定為國定古蹟。民
國90年元旦起，首次開放民眾參觀。

（2017/8/11）

（笠詩刊322期，2017年12月號）

大自然的詩人
──敬賀林煥彰老師八十大壽

最初放牧的雲
依然瀟灑
輕鬆旅行全世界
妹妹穿的紅雨鞋
在雨天，在晴天
在童詩的快樂園地裡
四十多年來，魚兒般遊戲
花和蝴蝶到底誰飛得最自由
就留給靈魂的眼睛去想像吧

心中住著幾百萬隻貓的詩人
除了慈悲地宣稱
貓有不理你之美
也熱愛十二生肖之美
以詩以畫以愛

年復一年，靈巧捕捉
大自然的心聲

（2018/6/21）

（人間福報副刊，2018/8/16）

春遊
——台北東湖內溝溪生態步道之行

（一）櫻花

這裡的櫻花
怕冷
一大早，輕輕推開濃霧大門
集體趕赴第一場
春天的約會

（二）鯉魚

你們是一群來自遠方的愛
無畏險阻，迴游穿越無數個黑夜
為即將誕生的寶貝們
返回陽光擁抱，最初的家鄉

（三）壁畫

熱心導覽說，內溝溪沿途的牆壁上
一幅幅閃耀五顏六色，會跳舞的畫
是學校老師帶領孩子們
以童心與夢想自由揮灑的

（四）溪水

溪流上，四十多年的友誼
搭成一道風吹不散的彩虹
聆聽腳下清澈如詩的水聲
唱著永不老去，光陰的故事

後記：
2019年2月25日，參加先生台大中文系的同學聚會。十五人
相約到東湖內溝溪踏青。最難得的，有遠從香港與台南來
的同學。

（2019/2/28）

（人間福報副刊2019年4月5日）

攝影：曾忠仁

詩經課
——獻給彭毅教授與詩經家庭

兩千年前的詩
再度復活
活在老師比朝陽光燦
一首接力一首
噴火的講解裡
活在學生們比小鳥多話
吱吱喳喳的討論中

而那流水的背誦，一聲比一聲清澈
從冬暖夏涼的客廳，溢出
流啊流啊，流到溫州街安靜的巷口
流到羅斯福路熟悉的校門
流向中文系的幽深迴廊，再流進
那間滿載思念的教室，遙遙喚醒

曾經誦詩三百
胸懷萬里的青春

後記：

自台大中文系畢業的一群學生，每周二固定，到退休多年
的彭毅教授家，上詩經課，再續四十年前的師生情緣。他
們架上直播系統，讓分散海內外的同學，也能同步上課。

（2018/7/4）

（中華日報副刊，2018年10月29日）

週日午後，在大稻埕

週日午後，走入時光隧道
重溫大稻埕的往日風光
城隍廟裡，默禱著大大小小
比香火熾熱的願望
永樂戲院門口，清晰聽見
蔣渭水先生正賣力傳揚
愛與理想打造的熱血信念

忽然從街道的盡頭
走來一群仕女
穿著雲般婀娜，傳統旗袍
手持比風輕巧的摺扇
從古典出走
隨著音樂的節拍，翩翩飛舞
在大稻埕的秋日午後

舞成一道最青春的
彩虹

後記：
十月二十一日午後，應女兒語軒邀請，到大稻埕觀賞「大
稻埕秋獲季」的精彩演出。看見由她親自編舞與指導，帶
領五十位女生，穿著旗袍，熱情跳著佛朗明哥舞作「卡
門」，深受感動，寫下此詩。

（2018/10/24）

（笠詩刊328期，2018年12月號）

舞者：林語軒／攝影：陳偉熙

西門町今昔二重奏

（一）

紅樓不老，仍粉墨登場
演出一齣齣傳奇與滄桑
真善美戲院不甘示弱
日夜放映夢的千姿百態
不遠處，老字號咖啡堅持原味
綜合幸福與悲傷
煮沸人生

二零一九年，一個週末午後
旅人的記憶，洶湧成一條
發光的河

（二）

一九七七年，一個週末午後
新生戲院門口，等候進場
千百朵粉紅的少女心
游出黑色書包黯淡教室
安靜座椅上，集體主演
美人魚的童話

走出短暫的幻境
一曲曲當紅情歌，從兩旁的唱片行
挽著十七歲女生的溫柔
反覆放送，在夕陽將逝的天橋上

（2019/4/9）

（中華日報副刊）

元宵點燈前的西門町午後

台北燈節今晚點燈
結束詩的聚會
提著一袋詩意與一顆童心
把眼睛擦得亮晶晶

主燈豬造型很機器人
今晚他是夢想的主角
正準備大顯身手
照亮宇宙
米老鼠永遠是童年的麻吉
等燈一亮
笑容會在孩子們的臉上開花
也會在大人們的心裡，復活

遊客比燈籠還擁擠
舞台前早已擺上許多張椅子
虔敬邀請
你我他
來自四面八方的寂寞

而今晚，我們將短暫相會
於燈花綻放的瞬間
或許，相視一笑
再各自踏上
你的我的他的
黑夜的旅程

（2019/2/16）

（乾坤詩刊90期，2019年夏季號）

下午茶

寒流大軍攻城的冬日午後

躲入淚光閃閃的歌聲裡

啜飲咖啡熱騰騰的鄉愁

品嚐著烤丸子、洋羹與餅乾的甜蜜童話

趕路的時間放慢了腳步

心也跳起一支支

闊別多時

思念的圓舞曲

（2015/2/3）

（台灣詩學吹鼓吹詩論壇33號，2018年6月）

春之宴
——寫春天的大安森林公園

向你招手的
不只是站在入口處
穿著粉紅衣裳的花仙子
不只是剛剛從夢中醒來
揉揉惺忪睡眼
露出彩色笑容的花朵
不只是圍繞著花朵
開心跳舞的蝴蝶

向你招手的
還有把大樹的手臂
當鞦韆跳來盪去
小松鼠的表演
還有生態池中央
正在練習發聲的白鳥們

最悅耳的吵鬧
還有躲在林蔭深處
那株復活的白流蘇
大聲宣告
重生的喜悅

（2018/3/30）
（乾坤詩刊87期，2018秋季號）

雨後的大安森林公園

已近中秋，秋老虎持續發威
整座城市垂頭喪氣
忽然懷念起夏日雨後的公園

被雨水洗去躁熱與灰塵
洗去昨日的嘆息
小草大樹都抬起頭來
換上新綠的笑容
大生態池中央的群鳥
守護小小的宇宙
以純白的立姿
以安靜的環視

小生態池旁，野薑花散發的清香
芬芳每一條小徑

搖醒每一張空椅
自角落走來
比霧無聲的貓咪
在雨後的公園裡
悠閒

（2017/9/27）

（創世紀詩刊193期，2017年12月，冬季號）

那一夜，
在往鹿特丹的渡輪上

來到劍橋

來到劍橋
時間與空間都靜止了
三一學院的蘋果樹下
站著牛頓的沉思，不朽的仰望
研究室裡，鑽進黑洞的霍金
征服殘缺，正埋首醞釀
時間簡史的光榮誕生

來到劍橋，河裡的倒影漸黃昏
穿越清晰又模糊的記憶
小舟上，那個年輕的中國詩人
撐一隻長篙，划啊划啊
划向每一顆嚮往浪漫
熱愛尋夢的詩心

來到劍橋

五月的天空，雲彩正悠閒

時間與空間停下腳步

輕輕的、悄悄的……

註：

牛頓與霍金都曾就讀劍橋大學著名的三一學院。「時間簡
史」是物理學家霍金的名作。全球銷售超過一千萬本。

（2018/5/22）

（台灣詩學吹鼓吹詩論壇34期，2018年9月）

攝影：林金鍊

訪溫莎小鎮

（一）

五月微風輕擁的街道上
漫遊著旅人的歌聲
商店櫥窗的紀念品，全部換上
哈利與梅根很童話的笑容

（二）

城堡上方，那朵永不凋萎的英國玫瑰
正以慈母的眼神，祝福
更遠處，傳說中的公爵挽著心愛女人
從鑽石的寶座從禁錮的傳統，出走

後記：

五月十四日到五月二十三日，我到英國與荷蘭旅行。五月
十七日上午，探訪溫莎小鎮。五月十九日，英國皇室在溫
莎城堡，為哈利王子與梅根舉行婚禮。

（2018/6/12）

（乾坤詩刊88期，2018年冬季號）

在約克下午茶

那時，旅人的腳步仍匆匆
啜飲異國茶香，品嚐scone甜蜜的心
愛情啊！重新蜜月
在約克，那個陽光擁抱歌聲迴盪的午後

（台灣詩學吹鼓吹詩論壇34期，2018年9月）

那一夜，
在往鹿特丹的渡輪上

那一夜，在往鹿特丹的渡輪上
旅人的夢，漂盪著
啜飲窗外寶藍色，鑽石的夜
酒吧裡，玫瑰歌聲摟著琥珀酒香
肆意搖搖擺擺

搖來搖去
搖回大海母親的懷抱
搖回最初天真的搖籃
睡著了，貪玩的小星星
睡著了，疲累的行囊
睡著了，微醺的鄉愁

那一夜，在往鹿特丹的渡輪上
旅人的心，遼闊著

明朝，我們將抵達
另一個陌生的國度
盛產五顏六色，風車的旋轉童話
叩叩叩叩叩叩叩叩
小木屐會哼唱古老兒歌

那一夜，在往鹿特丹的渡輪上

後記：
五月十四日到五月二十三日，我與先生到英國與荷蘭旅
行。五月十九日，在英國約克搭渡輪，前往荷蘭鹿特丹。

（2018/5/29）
（人間福報副刊2018年7月24日）

印象荷蘭

小山羊乳酪、冰啤酒和花香
永遠保鮮唇齒間
接力一則則童話
風車隊伍張開雙臂
日夜轉動全世界的夢想
寂靜的下午，耳朵踢踏響起
小木屐的兒時回憶
乘坐小船，請陽光與微風嚮導
拜訪羊角村的春天
小橋、流水、兩岸花樹環抱的人家

台夫特小鎮街道旁
那位戴珍珠耳環的少女

從早到晚，站在時光的看板上
靜靜凝望……

（2018/6/23）
（台灣詩學吹鼓吹詩論壇35號，2018年12月）

重遊北海道

（一）

小樽古老的運河上，飄落細雨的詩
街道兩旁，玻璃風鈴排好隊
叮鈴叮鈴叮鈴……
以清脆的歌聲輕快的舞步相迎

（二）

那時，薰衣草的夢早已收割
忍不住的香氣
從富良野沉默的山丘出發
一路撩撥，迷霧的記憶

（三）

在札幌狸小路，我找不到狐狸的家
在小樽音樂盒博物館的檯燈燈罩上
從那雙回眸的眼神裡
重逢暗藏內心，野性的呼喚

（四）

總在黃昏的盡頭
亮起一盞一盞又一盞的
光

撥開烏雲
聞名世界的函館夜景
正奮力衝破黑暗

後記：
我於八月二十一日，前往北海道旅行五天，回國後，隔了
兩星期，北海道發生強震。謹以此詩獻上我最真誠的祝禱！

（2018/9/12）

（中華日報副刊，2019年1月12日）

湖的記憶
——北海道記遊

（一）洞爺湖

那天，湖泊很夏天
天空比夢還蔚藍
旅人的心
唱著明亮的歌

（二）支笏湖

那天，墨黑的雲
安靜對話
淺灰的湖水

湖畔，忽然颳起的風
不停地吹啊吹啊

把鬱結的心事
吹向更遠的遠方
也把紅塵的悲喜
吹向更空的天空

（2018/9/22）

（吹鼓吹詩論壇36期，2019年3月）

攝影：曾光輝

小熊的悲歌

（**The Sad Song of A Little Bear – by Mei Ling Tseng**）

在熊牧場裡，被囚禁多日的小熊
夜夜夢回遠方森林的家
那裡有大樹、花香、蝴蝶的舞
還有蜜蜂與雀鳥的歌
忽然想起爸爸反覆的叮嚀
：遠離危險人心！
隱約聽見媽媽焦急的呼喚
：孩子，你在那裡？
再也忍不住哀哀啜泣……

In Bear Pasture, the long-imprisoned little bear
Dreamed of the home in the distant forest every night.
It had tall trees, fragrance of flowers, butterfly dancing.
It also had songs of bees and birds.

The bear suddenly thought of Daddy's repeated warnings,

「Get away from dangerous mind!」

And also heard Mommy's anxious calling.

「Where are you, my child?」

He couldn't help sobbing sadly.

後記：

在北海道的一座熊牧場，我看見被關在籠子裡的小熊，感到很心疼。

（2018/9/15）

（吹鼓吹詩論壇36期，2019年3月）

輯

截句

五

一行詩

（一）醉

吐出千萬噸的真心話，我是輕飄飄的月亮

（2017/7/9）

（二）裸

脫光用禮教裁縫的衣裳，你是草地上沸騰的香

（2017/7/10）

（三）夏蟬

振翅越黑越低谷的心，你們的歌聲正豔陽

（2017/7/19）

失眠

一隻羊兩隻羊三隻羊…一百隻羊…
成千上萬隻小羊早已跟著星星回家
失眠的眼睛
在黑暗的草原中流浪

（2017/7/31）
（入選台灣詩學截句選300首）

攝影：曾忠仁

小蝴蝶

一朵勤練絕世舞藝的花
有一天，飛越迷霧叢林
重逢那座苦修不凋秘笈的
春天

（2018/4/24）

黑貓與白貓
（Black Kats and White Cars）

黑貓是夜之哲人
白貓是光明使者
共譜相對又相融的一生
在白晝輪替黑夜的世界裡

The black cat is a philosopher of the night.

The white cat is a singer of light.

They create a life of contrasts and integration

In the world where the day and the night alternate.

（2018/10/8）

麝香貓的哀歌
——致親愛的人類

只為了沖泡出一小杯
最鑽石的咖啡最虛榮的夢
多久了，被囚禁在地獄般的鐵籠裡
我們早已失去陽光與一整座森林

（2018/12/10）

五色鳥

每到五月，攝影機集體將鏡頭拉高
捕捉五色鳥媽媽勤奮工作的身影
以憶萬粒汗珠與擦不乾的愛
啄啊啄啊，啄出一個甜蜜的家

（2018/5/6）

卡通幻想曲

櫻桃小丸子和小叮噹是女兒童年的玩伴
我的玩伴是吃下菠菜擊倒情敵的大力水手
你的心迴旋那支幻想曲？神隱少女中無臉男的秘密
還是美女與野獸裡，玫瑰的沉默試探

（2018/11/13）

夕陽與彩虹
（The Sunset and The Rainbow）

一場暴雨後，天空瞬間黃昏
夕陽從烏雲監牢裡，脫逃
對面的彩虹意外現身
同時照亮，心的陰暗角落

The sky suddenly dusked after a storm.

The sunset escaped from the prison of dark clouds.

And the rainbow across appeared by accident.

They lit up, simultaneously, the dark corner of my heart.

亞當與夏娃
（Adam and Eve）

偷嚐禁果熟透的誘惑後
他們草草用一葉萌芽的羞恥心
遮蔽赤身裸體的愛慾火花
數千年來，再也回不去最初的樂園

After tasting the temptation of the mature forbidden apple,

They covered naked sparkles of lust hastily

With a leaf of sprouting shame.

For thousands of years, they haven't been able to return to

　　　the original paradise.

（2019/1/22）

海邊記事

連日陰雨的海邊，秋陽意外現身
驚醒雲朵的夢
造成一場
浪花的騷動

（2017/10/26）

攝影：曾忠仁

賞菊

雖然再也回不去童年
東籬下任意採菊摘夢
雙眼卻能暫時撥開濃霧
瞥見南山悠然的心

（2018/12/3）

小黃花
（Little Yellow Flowers）

不像許多沉睡夏天的花朵
滾燙的豔陽下，妳們始終保持清醒
每當路過，特別在心情悲傷的時刻
我總聽見，雲雀般的靈魂，正歡欣歌誦生命

Unlike many other flowers sleeping in the summer,
You stay awake in the scorching sun.
Whenever l pass by, especially in a sad mood,
I hear the souls, like the skylarks, singing merrily of life.

白色聖誕
（White Christmas）

雪花挽著佳音從天而降
拉著雪橇的馴鹿快樂地奔馳原野上
被仇恨與謊言踐踏被戰火悶燒的地球
忽然抬起頭，盼望迎接另一個白色聖誕

Descending from the heaven, snow came with good
　　message arm in arm.
The reindeers in sleigh ran merrily in the field.
The earth, stamped on by hate and lies and burned by
　　the wars,
Suddenly raised her head, hoping to welcome another
　　white Christmas.

（2018/12/8）

與神同行

在刀光劍影的生死對決
十面埋伏的機關和陷阱裡
多次被惡夢綁架的靈魂
終於逃出黑暗地牢，與神同行

（2018/7/8）

再度降臨

——聞台大校長遴選事件有感

椰林大道上，杜鵑花季早已謝幕
圖書館前，白流蘇等到心碎
師生們仍在引頸企盼，春神何時再度降臨？
管花管樹管湖，推醒自由鐘聲

（2018/4/28）

路過榕樹林

每棵樹都是天生的詩人
以獨特的姿勢、氣味與音色
各自譜寫生命之歌
等待知音，偶然的駐足

（2018/6/22）

聽不見的耳朵最清醒
──致貝多芬

鏗鏘敲打命運，冬季的交響詩
輕快喚醒田園，春天的搖籃曲
最後，指揮全宇宙大合唱
含淚聽見，天堂裡歡樂的讚頌

（2019/1/31）

讀報截句四題

（一）大風吹

大風吹　吹什麼？
吹走周董的情歌吹遠五月的天空
吹醒草東沒有派對，嫩草的夢
吹響魯蛇世代，新冒出頭的吶喊

註：
2017年第28屆金曲獎，年輕樂團「草東沒有派對」獲最佳
樂團獎，他們也同時以〈大風吹〉獲得年度最佳歌曲獎與
專輯〈醜奴兒〉獲新人獎。

（2017/6/27）

（二）集體出走

連急診室裡痛苦指數爆表的哀號與呻吟
也喚不回集體出走的憤怒腳步
留不住塞滿疲憊和死灰的心
白色巨塔的天空，日夜波濤著烏雲與問號

註：
（2017/6/29）聯合新聞網（林口長庚爆離職潮，院方啟動
應變機制）

（2017/6/29）

（三）非砍不可

為了水泥部隊的前進，青山與老樹非砍不可
為了一個偉大國家的誕生，軍公教退休金也非砍不可
被砍的老樹與老人啊，淚別賣力揮汗的昨日和光榮
集體走向夕陽下，沉默的廢墟

註：
2017/6/30國內重大新聞，民進黨感謝軍公教，發言人說：
「國家將因你們而偉大」

（2017/7/1）

（四）熱氣球的願望

飄啊飄啊向上飄升，在最高處瘋狂吶喊的
有長出翅膀的白色夢想
鑲嵌誓言的紅色愛情
還有那輪囚禁暗夜裡，終獲釋放的金色日出

註：
國內熱門新聞（2017台灣國際熱氣球嘉年華在台東，從7
月1日到8月6日，7月8日在成功三仙台，舉行日出光雕音
樂會）

（2017/7/9）

（乾坤詩刊84期，2017冬季號）

未來狂想曲

那年夏天

那年夏天
——致敬余光中老師

那年夏天，英語系館的蓮花池畔
追隨比蓮輕盈的腳步
我們都變成您詩行裡
那隻善舞的蜻蜓
負載神話與幻想
上下左右拍動
嚮往美的金色翅翼

那年夏天
患了相思病的女孩
偷偷把一片月光
夾進詩集鎖入日記
把一池蓮香，細細啜飲
從此醉了三十多年
再也不願醒來

後記：

詩人余光中教授，在我當年就讀師大英語系時，擔任系主
任。他大力提倡推廣新詩，辦了許多文學活動，為校園帶
來蓬勃的文學風氣。大三那年，我開始新詩創作。

（2017/12/18）

（人間福報副刊2018年1月3日）

江湖
──送別金庸先生

那些年，深夜最宜練功
請手電筒帶路
從黑漆漆的棉被密室出走
什麼也不帶，除了一把劍
以千斤膽量與萬丈俠氣鑄造
獨自闖蕩
到處埋伏陷阱與疑陣
正義和斜惡如日夜對峙
愛恨的情絲糾纏難解
那個比夢虛幻，比人間真實的
江湖

（2018/11/3）

（乾坤詩刊89期，2019春季號）

燃燒的筆

——悼詩人謝輝煌先生

六十多年來
您總是睜亮天空般遼闊的眼
化身專業導師
穿越古今，談詩論藝
變身巧手指揮
始終緊握手中那隻
燃燒的筆
不停寫著生龍活虎的詩

如今，您已趕赴天上的宴席
但我仍看見，雲端上
您勤奮不懈的身影
我也聽見，那一聲響亮一聲
巨雷般的吟誦
敲醒昏睡的心

後記：

前輩詩人謝輝煌先生，於2018年3月6日病逝。謝先生一生
致力詩的創作，且擅長詩評與詩論，熱心提攜後輩。住進
安寧病房的最後時光，仍在床上握緊筆桿，賣力寫詩。謹
以此詩向前輩致敬！

（2018/3/18）

（中華日報副刊2018年4月5日）

回家
──送別詩人顧德莎

那天，在寶藏巖的登小樓
咖啡與詩熱情擁抱
我們輕鬆交談，描繪夢的藍圖
交換溫暖的眼神
彷彿早已認識多年
那是第一次也是最後一次
美好如詩的相見

後來，從臉書豐盛的詩文分享裡
得知外表比風柔弱的妳
多年來，如何以剛強如高山的靈魂
抵擋病魔的大軍突襲
驅趕命運的無情風雨
如何牢牢掌握細瘦的筆，以滿懷慈悲的心
將一生的磨難與重擔昇華

化作一首首讚美生命的詩
揮灑一幅幅謳歌土地的夢

安息吧！親愛的德莎
妳已破解詩間密碼
此刻，正展開羽翼
像一隻春天的白蝴蝶
輕盈穿越驟雨之島
飛越人間的愛恨悲歡
飛回朝思暮想，童年的公園
專心畫畫，無憂地玩耍
飛向黃昏等候的水邊
也終將飛回
上帝守護，永生的家

後記：

詩人作家顧德莎，多年來，勇敢與癌症搏鬥，創作豐盛美好的詩文。讓人不捨的，德莎於2019年4月15日，走完人生的旅程。《時間密碼》、《驟雨之島》、《我佇在黃昏的水邊等你》、《說吧。記憶》是德莎留下的著作。

（2019/4/22）

（台灣詩學吹鼓吹詩論壇38期，紀念顧德莎專輯邀稿）

選舉三部曲

選舉三部曲

（一）選舉前夕

這邊用悲情眼淚當武器
那邊以老派軍歌來夜襲
整座島嶼被彩色政見膨脹幹話加蜜糖誓言催眠
又被瘋狂攻擊與激動的口水噴醒

（二）選舉日

那一天，整座島嶼被排長龍
有中年婦人昏倒在豔陽的懷抱裡
有白髮老翁體力不繼，終爆粗口
和大樹比賽耐力，有人繼續罰站
向明月不停抱怨，有人中途離去

那一天，整座島嶼被熬黑夜
競選總部的支持者在寒風裡心驚
電視機前的公民們在苦等中膽跳
2018年11月24日九合一綁公投大選
全民集體參與
一場龜速前進的投票開票

（三）Do you hear the people sing?

原來，千千萬萬張選票組成的大合唱
人民的心聲才會被聽見
你們道歉、請辭、鞠躬的那一刻
我們終於看見「謙卑、謙卑再謙卑」的身影

（2018/11/26）

（台灣詩學吹鼓吹詩論壇37號，2019年6月）

不一樣的星期天

四月二十九日，星期天中午
滿懷感恩與祝禱，從懷恩堂做完禮拜
一如往常，經過台大校門口
眼睛瞬間被四處張貼的布條塞滿
看到白布條們擊鼓鳴冤：
台大不服從
為台大而戰
五四精神不死
聽見黃布條登高一呼：
大學自主　還我校長
走上全台學子最夢想的大道
高齡的椰子樹全部繫上黃絲帶
繫上師生們心中不可承受之重
飄啊飄啊，在晚春躊躇的霧氣裡
天空忽然飄落雨絲的淚

獨自走在雨中
不遠處，清晰傳來
傅鐘自由的吶喊
一聲比一聲
嘹亮

（2018/4/29）
（乾坤詩刊87期，2018秋季號）

你那裡停電嗎

時間是八月十五日下午五點多

日子一如往常昏睡與清醒

除了夏天繼續打破高溫記錄

除了親密的電突然不告而別

整座島嶼的大街小巷

開始流傳一句

汗流浹背的問候語

：你那裡停電嗎？

後記：

2017年8月15日下午五點多，因桃園大潭發電廠有六部機組異常，導致全國大停電。

（2017/8/16）

（人間福報副刊2017年8月28日）

衛生紙奇遇記

一大早，太陽還在賴床
島民們匆忙踢醒睡夢
爭先恐後，衝進賣場
珍品似的，將我們捧在掌心
一大箱接力一大箱
私藏家中秘室
彷彿末日提早到來

（2018/3/2）

（乾坤詩刊88期，2019年冬季號）

如果櫻花知道
——哀悼三十三位罹難者

情人節前夕
四十四位男女老少
攜手上山
齊聲讚頌朵朵粉紅的笑
如果櫻花知道
後來，三十三位賞花人
再也回不了家
一定紛紛灑落
冰涼的淚

情人節那天
電視新聞的重頭戲
主角不是玫瑰與巧克力
不是浪漫燭光晚餐
全部改由遊覽車的殘骸開場

接演的是救難人員絕望的搶救
最後停格在親人悲傷的呼喚

如果櫻花知道
如果櫻花知道
一定集體碎裂
溫柔的心

（2017年2月15日）

頭條新聞

二零一九年剛揭開序幕
這幾日，電視與網路新聞的頭條
不是非洲豬瘟襲捲的恐慌
不是政治人物口水的戰爭
也不是某位巨星，流星般隕落
而是因買肉圓忘記加辣
被爸爸狠摑耳光
因寫功課暫時恍神
被爸爸用鐵條鞭打
一個十二歲小男孩的真實故事

登出熱門新聞
影片中，躲藏陰影裡
小草般無助的啜泣聲
瘦弱的身軀與靈魂劇烈顫抖

像一隻飽受驚嚇的老鼠
仍重覆在腦海裡，鮮明播放
仍不停向心版上，沉痛撞擊

（2019年1月17日）
（乾坤詩刊92期，2019年冬季號）

破世界紀錄
──致郭婞淳

那一刻，弱小的妳
使出大山大海的力氣
高高舉起142公斤
巨石的重量
舉起一座島嶼的希望
帶領迷路的心分歧的路
將血淚與傷痕書寫的過去
奮力打破
讓全世界再一次
看見台灣的美麗
這是齊導離開我們以後
最讓人流淚的事

（2017/8/23）
（台灣詩學吹鼓吹詩論壇32號，2018年3月）

PK大戰
——觀世足

這一踢，該踢向右
向左，也許直射
到底，射穿勝利的金色大門
踢入失敗的黑暗洞穴？

對面，那位負傷上場的可敬門神
也正秒速思考
該撲向左、向右
或者，不動如山
將奔馳似駿馬似風
變幻如命運，這一球
牢牢接住

（2018/7/8）

（台灣詩學吹鼓吹詩論壇35號，2018年12月）

下雪了

玉山下雪了
太平山下雪了
合歡山下雪了
大屯山、七星山都飛舞雪花
今天早晨，在千萬隻期待的眼睛裡
陽明山鞍部也飄落白雪的詩
最新消息
不到一千公尺的烏來山上
意外喚醒初雪的夢境

整座島嶼，暫時結束你爭我奪
現實的遊戲
摘下虛假打造的面具
人們爭相上山，追逐雪的芳蹤
揭開冰凍的心事

歡喜迎接

潔白大地，掃淨心靈塵垢

第一場瑞雪

（2018/2/5）

（乾坤詩刊91期，2019年秋季號）

魚木花開

魚木花開

安靜的巷弄裡
一株老魚木開花了
隨風輕盈迴旋
華爾滋婆娑的夢
千千萬萬朵
怒放的青春
撥亮旅人灰暗的心

樹下，忽然走過
一群學童天真的笑
復活節前夕
春天再度復活
雖然世界持續災難
時聞砲聲隆隆
遠方仍有大小戰火

（印尼印華日報印華文藝，2019/5/3）

杜鵑花

一到三月
趁著說不停的雨
中場休息的空檔
躲在花叢裡冬眠的精靈們
揉揉惺忪睡眼
紛紛披上新衣裳
披上粉紅的夢白色的雲桃紅的戀

在大地的舞台上
以燃燒的花魂全心的愛
以朝陽的盼望微風的香氣
搖碎旅人
寂寞的影子

（2017/3/13）

（網路新詩報58期，2017年4月2日）

聖誕禮物

最奇異的禮物
不是聖誕老公公偷偷塞入襪子裡
小妹妹日夜禱告
芭比娃娃的晚禮服與神祕舞會
也不是聖誕樹旁
小弟弟等了一整年
熱愛冒險的玩具火車
一趟穿越時空的奇幻旅行

最恩典的禮物
是爸爸和媽媽
揮灑一公升一公升的汗水
隱藏皺紋裡的傷痕與痛
用堅強似磐石的意志
澎湃勝大海的愛

以老鷹展翅的高度
飛越所有看得見和看不見的風暴
奇蹟打造的家

（2018/12/18）
（乾坤詩刊90期，2019年夏季號）

即刻救援
（散文詩）

來來回回，一程復一程，游啊游啊奮力地游；洪水
　　再猛虎，催不垮即刻救援的行動，沖不散逆流
　　而上的勇氣。
上上下下，一回又一回，游啊游啊加速地游；那怕
　　拚進最弱一絲力氣，那怕吐出最後一口呼吸，
　　始終奮力向前，游向雷電追兵埋伏、風雨大軍
　　突襲的戰場，游入水草狂舞的漩渦，游出黑暗
　　擁抱的深淵。
終於，風雨歸去，黑暗謝幕後，將每一隻小寶貝，
　　以彩虹搭建的未來，將漫溢盼望，金色的光，
　　用力叼住。

後記：
觀看網路上的影片，一隻狗媽媽在洪水來襲時，一次又一
次，勇敢地拯救狗寶寶們，深受感動而寫。

（2018/1/24）

（人間福報副刊2018年5月1日）

失眠夜
（古詩解構）

　　　無言獨上西樓　月如鉤
　　　寂寞梧桐深院鎖清秋
　　　剪不斷　理還亂　是離愁
　　　別是一番滋味在心
　　　（李煜）（相見歡之二）

又是一個失眠夜
獨自爬上西邊小樓
邀知心的月亮，對飲
遠遠望去，深秋的庭院
緊緊鎖住
一樹梧桐的寂寞

再銳利的剪刀
也剪不斷那一大束

理不清，亂髮般的離愁
而飲醉的心啊
仍逃不出相思的天羅地網

（2018/2/12）

（網路新詩報2018年6月13日）

青春物語

那年，終於脫下嚴格制服
甩開陳年的髮禁
忐忑擠進大學窄門
像一隻甫獲天空的小鳥，枝頭上好奇張望
想飛，卻不知如何拍動
那雙脆薄如夢，易碎的羽翼？

那些年，民歌瘋狂傳唱
校園裡燃燒熱情的火把
如果、再別康橋、橄欖樹、流浪者的獨白
龍的傳人、鹿港小鎮、恰似你的溫柔
一首比一首更流浪更溫柔
日夜擁抱每一朵
寂寞的青春

而戀愛是必修學分
兩朵陌生的雲
從偶然相遇、碰撞到必然分手
短如青春的緣分裡
我學習將回憶與雨吞下
躲入陰影密織的繭
獨自啃噬苦澀的心憂傷的靈

後來啊，終於破繭而出的
是飛舞愛和美
滿溢神的恩典
一束束重生的詩

醒在英語系館翠綠的草地上
亮在多年以前台北的夜空裡

（2019/3/18）

（人間福報副刊，2019/5/27）

我的名字
（My Name）

曾經，和所有人一樣
一無所有
哭著來到人間
媽媽回憶：
「只輕輕逗弄
　你的眼睛就笑了」

於是，一個美麗的名字誕生了
裝滿虹彩的祝福風的預言
祈願散播很玲瓏的笑聲與詩
叮鈴叮鈴叮鈴，清清脆脆地
把一隻重度昏迷的地球
搖醒

Like many other people,

I came to the world crying

With nothing at all.

Mom recalled：

Your eyes smiled

So soon as they were teased.

Hence, a beautiful name was born,

filled with blessings of the rainbow and prophecies of

　　　the winds.

Spreading ingenious laughter and poems,

Ding Ling Ding Ling Ding Ling,

I was expected to wake up the earth remaining severely

　　　unconscious.

（2018/4）

（網路新詩報，2018/4/11）

（野薑花季刊第26期，2018年9月）

2018，最後一夜

有人趕去熱鬧跨年
有人還在點燈加班
準備甜蜜告白
雙雙奔向大海懷抱
剪斷愛的鎖鍊
獨自攀登高山險梯

2018，最後一夜
十字路口，流浪的心
正徬徨人生
等大風吹散濃霧
待煙火撥亮黑暗

（2018/12/31）

（創世紀詩刊198期，2019年3月春季號）

語言文學類　PG2321　台灣詩學同仁詩叢04

未來狂想曲

作　　　者／曾美玲
主　　　編／李瑞騰
責任編輯／石書豪
圖文排版／周妤靜
封面設計／王嵩賀

發 行 人／宋政坤
法律顧問／毛國樑　律師
出版發行／秀威資訊科技股份有限公司
　　　　　114台北市內湖區瑞光路76巷65號1樓
　　　　　電話：+886-2-2796-3638　傳真：+886-2-2796-1377
　　　　　http://www.showwe.com.tw
劃撥帳號／19563868　戶名：秀威資訊科技股份有限公司
　　　　　讀者服務信箱：service@showwe.com.tw
展售門市／國家書店（松江門市）
　　　　　104台北市中山區松江路209號1樓
　　　　　電話：+886-2-2518-0207　傳真：+886-2-2518-0778
網路訂購／秀威網路書店：https://store.showwe.tw
　　　　　國家網路書店：https://www.govbooks.com.tw

2019年12月　BOD一版
定價：300元
版權所有　翻印必究
本書如有缺頁、破損或裝訂錯誤，請寄回更換

國家圖書館出版品預行編目

未來狂想曲：曾美玲詩集 / 曾美玲著. -- 一版.
　-- 臺北市：秀威資訊科技, 2019.12
　　面；　公分. -- (台灣詩學同仁詩叢；4)
　BOD版
　ISBN 978-986-326-752-2(平裝)

863.51　　　　　　　　　　　108018264

讀 者 回 函 卡

感謝您購買本書，為提升服務品質，請填妥以下資料，將讀者回函卡直接寄回或傳真本公司，收到您的寶貴意見後，我們會收藏記錄及檢討，謝謝！
如您需要了解本公司最新出版書目、購書優惠或企劃活動，歡迎您上網查詢或下載相關資料：http:// www.showwe.com.tw

您購買的書名：＿＿＿＿＿＿＿＿＿＿＿＿＿＿＿＿＿＿＿＿＿＿＿＿＿

出生日期：＿＿＿＿＿年＿＿＿＿＿月＿＿＿＿＿日

學歷：□高中 (含) 以下　　□大專　　□研究所 (含) 以上

職業：□製造業　□金融業　□資訊業　□軍警　□傳播業　□自由業
　　　□服務業　□公務員　□教職　　□學生　□家管　□其它＿＿＿＿

購書地點：□網路書店　□實體書店　□書展　□郵購　□贈閱　□其他

您從何得知本書的消息？

　□網路書店　□實體書店　□網路搜尋　□電子報　□書訊　□雜誌

　□傳播媒體　□親友推薦　□網站推薦　□部落格　□其他＿＿＿＿＿＿

您對本書的評價：（請填代號　1.非常滿意　2.滿意　3.尚可　4.再改進）

　　封面設計＿＿＿　版面編排＿＿＿　內容＿＿＿　文／譯筆＿＿＿　價格＿＿＿

讀完書後您覺得：

□很有收穫　□有收穫　□收穫不多　□沒收穫

對我們的建議：＿＿＿＿＿＿＿＿＿＿＿＿＿＿＿＿＿＿＿＿＿＿＿

＿＿＿＿＿＿＿＿＿＿＿＿＿＿＿＿＿＿＿＿＿＿＿＿＿＿＿＿＿＿＿

＿＿＿＿＿＿＿＿＿＿＿＿＿＿＿＿＿＿＿＿＿＿＿＿＿＿＿＿＿＿＿

＿＿＿＿＿＿＿＿＿＿＿＿＿＿＿＿＿＿＿＿＿＿＿＿＿＿＿＿＿＿＿

11466
台北市內湖區瑞光路 76 巷 65 號 1 樓

秀威資訊科技股份有限公司　　　　收

　　　　　BOD 數位出版事業部

....

（請沿線對折寄回，謝謝！）

姓　　　名：＿＿＿＿＿＿＿＿＿　　年齡：＿＿＿＿　　性別：□女　□男

郵遞區號：□□□□□

地　　　址：＿＿＿＿＿＿＿＿＿＿＿＿＿＿＿＿＿＿＿

聯絡電話：(日)＿＿＿＿＿＿＿＿＿　(夜)＿＿＿＿＿＿＿＿＿

E-mail：＿＿＿＿＿＿＿＿＿＿＿＿＿＿＿＿＿＿＿